AF456404

BIBLIOTHÈQUE

DESSINS. ESTAMPES
PEINTURES

PROVENANT DE FEU

M. AUGUSTE DE BOISLAVILLE

LIVRES ILLUSTRÉS DU XIXe SIÈCLE

LIVRES DE DIFFÉRENTS GENRES

Littérature. — Beaux-Arts. — Histoire.

LITHOGRAPHIES DE GAVARNI, DAUMIER, RAFFET.

Œuvre de Henry Monnier.

ESTAMPES — DESSINS — TABLEAUX

PARIS

LIBRAIRIE DAMASCÈNE MORGAND

ÉDOUARD RAHIR, SUCCESSEUR

LIBRAIRE DE LA SOCIÉTÉ DES BIBLIOPHILES FRANÇOIS

Passage des Panoramas, 55.

1904.

LA

COLLECTION DUTUIT

LIVRES ET MANUSCRITS

Superbe volume in-folio, de 4 ff. préliminaires, 328 pages et 42 planches hors texte.

TIRAGE LIMITÉ A 350 EXEMPLAIRES.

PRIX DE L'EXEMPLAIRE. . . . . 200 francs.

Ce catalogue renferme la description raisonnée de 789 ouvrages ; il est imprimé avec le plus grand luxe par L. Danel, de Lille, sur BEAU PAPIER DE HOLLANDE, fabriqué aux Papeteries du Marais, toutes les pages étant encadrées d'un filet rouge.

Ce volume est orné :

1° De 33 planches en couleurs, tirées sur PAPIER DU JAPON, reproductions de somptueuses reliures ou de très belles miniatures.

2° De 9 planches en noir en héliogravure, tirées sur PAPIER DU JAPON.

3° De 70 figures dans le texte, reproductions de titres, de figures, etc.

Le volume est contenu dans un élégant cartonnage de MM. Magnier.

La Collection Dutuit, aujourd'hui la propriété de la Ville de Paris, est surtout remarquable par ses livres et manuscrits. Les belles reliures, les superbes miniatures qui font l'admiration de tous les visiteurs du Petit Palais sont si fidèlement et si exactement reproduites dans ce Catalogue, que l'on a l'impression d'avoir sous les yeux les reliures elles-mêmes.

Nombreuses et intéressantes notices bibliographiques sur des ouvrages fort rares, sinon uniques.

Ce Catalogue, destiné à mettre en valeur la collection, n'a pas été entrepris dans un but de spéculation et son prix de revient est plus élevé que le prix de vente.

BIBLIOTHÈQUE

DESSINS. ESTAMPES

PROVENANT DE

FEU M. AUGUSTE DE BOISLAVILLE

LA VENTE AURA LIEU

Du Lundi 25 Avril au Jeudi 28 Avril 1901

A DEUX HEURES PRÉCISES

HOTEL DES COMMISSAIRES-PRISEURS

RUE DROUOT, 9

SALLE N° 8 AU PREMIER

Par le ministère de M. LÉON TUAL, commissaire-priseur,

RUE DE LA VICTOIRE, 50

Assisté de M. Ed. RAHIR, libraire,

PASSAGE DES PANORAMAS, 55

CONDITIONS DE LA VENTE

La vente se fera au comptant.

Les acquéreurs paieront 10 p. 100 en sus du prix d'adjudication.

Les livres devront être collationnés dans les vingt-quatre heures de l'adjudication. Passé ce délai, ils ne seront repris pour aucune cause.

M. RAHIR remplira les commissions des personnes qui ne pourraient assister à la vente.

Voir l'ordre des vacations à la fin du catalogue.

BIBLIOTHÈQUE

DESSINS, ESTAMPES
PEINTURES

PROVENANT DE FEU

M. AUGUSTE DE BOISLAVILLE

LIVRES ILLUSTRÉS DU XIXe SIÈCLE

LIVRES DE DIFFÉRENTS GENRES

Littérature. — Beaux-Arts. — Histoire.

LITHOGRAPHIES DE GAVARNI, DAUMIER, RAFFET.

Œuvre de Henry Monnier.

ESTAMPES — DESSINS — TABLEAUX

PARIS

LIBRAIRIE DAMASCÈNE MORGAND

ÉDOUARD RAHIR, SUCCESSEUR

LIBRAIRE DE LA SOCIÉTÉ DES BIBLIOPHILES FRANÇOIS

Passage des Panoramas, 55.

1904.

BIBLIOTHÈQUE

DE FEU

M. AUGUSTE DE BOISLAVILLE

I. — LIVRES ILLUSTRÉS DU XIXe SIÈCLE

1. ABOUT (Edm.). Les Mariages de Paris. *Paris, Imprimé pour les Amis des Livres,* 1887, in-8, fig., *broché,* couv., dans un étui.

   Édition tirée à 115 exemplaires, tous imprimés sur PAPIER DE CHINE.

2. — Le Roi des Montagnes, par Edmond About. Cinquième édition illustrée par Gustave Doré. *Paris, Hachette et Cie*, 1861, in-8, fig., *broché*, couv.

   PREMIER TIRAGE.

3. — Le Roman d'un brave homme, par Edmond About. Edition illustrée de 52 compositions par Adrien Marie. *Paris, Hachette et Cie*, 1882, in-8, fig., *en livraisons*, couv.

   PREMIER TIRAGE.

4. — Trente et Quarante. Avec les illustrations de H. Vogel et les ornements de A. Giraldon, gravés à l'eau-forte typographique et au burin par Verdoux, Ducourtioux et Huillard. *Paris, Hachette et Cie*, 1891, in-8, fig., *en feuilles*, dans un carton.

   Un des 54 exemplaires imprimés sur PAPIER DE CHINE, avec 3 états des grandes planches hors texte sur CHINE ou sur JAPON.

5. LES ABUS de Paris, par M*** (B. Viollet) et Francis Girault. Illustrations par MM. Emile, A. Baron et Seigneurgens. *Paris, Breteau,* 1844, in-8, front. et fig., demi-rel., dos et coins de mar. La Vallière, dos orné, tête dor. *non rogné*. (*Rapartier*.)

   PREMIER TIRAGE. Rare.
   Premier plat de la couverture conservée.

6. ACHARD (Amédée). Une Saison à Aix-les-Bains, par Amédée Achard, illustrée par Eugène Ginain. *Paris, Ernest Bourdin, s. d.* (1850), in-8, portr. et fig., *broché*, couv.

PREMIER TIRAGE.

7. ADAM (Mme Edmond). Récits d'une Paysanne. Illustrations de G. Fraipont. *Paris, J. Lemonnyer*, 1885, in-8, vignettes, demi-rel. dos et coins de veau bleu, dos orné à la grotesque, tète dor., *non rogné*, couv.

Un des 25 exemplaires imprimés sur PAPIER DE CHINE, contenant le TIRAGE A PART en bistre sur CHINE, de toutes les vignettes.

8. LES AFFICHES étrangères illustrées, par MM. Bauwens, T. Hayashi, La Forgue, Meier-Graefe, J. Pennel. Ouvrage orné de 62 lithographies en couleurs et de 150 reproductions en noir et en couleurs d'après les affiches des meilleurs artistes. *Paris, Boudet et Tallandier*, 1897, in-4, fig., *broché*, couv.

9. AICARD (Jean). La Chanson de l'Enfant par Jean Aicard. Nouvelle édition ornée de 128 compositions par T. Lobrichon et Rudaux. *Paris, Chamerot*, 1884, in-8, portr. et fig., *broché*, couv.

PREMIER TIRAGE.

10. —— Roi de Camargue, par Jean Aicard. Illustrations de George Roux. *Paris, Emile Testard*, 1890, in-8, fig., *broché*, couv.

Un des 35 exemplaires imprimés sur PAPIER DU JAPON, contenant une triple suite des figures dont l'EAU-FORTE PURE.

11. ALBANÈS et FATH. Les Nains célèbres depuis l'antiquité jusques et y compris Tom Pouce, par Albanès et Fath. Illustrés par Ed. de Beaumont. *Paris, s. d.* (1845), in-8, fig., *broché*, couv.

PREMIER TIRAGE.

12. ALBUM de l'Opéra. Principales scènes et décorations les plus remarquables des meilleurs ouvrages représentés sur la scène de l'Académie Royale de Musique. Dessins par MM. Alophe, Baron, Challamel, C. Deshays, A. Deveria, Français, Lépaulle, Mouilleron et Célestin Nanteuil. *Paris, Challamel, s. d.* (1844), in-4, 24 pl. lithographiées, cart.

PREMIER TIRAGE.

13. ALHOY. Les Bagnes. Histoire, types, mœurs, mystères. Edition illustrée. *Paris, Havard*, 1845, in-8, fig. en noir et coloriées, demi-rel. mar. rouge, dos orné, tête dor., *non rogné*.

PREMIER TIRAGE.

14. ALHOY et ROSTAING. Les Fleurs historiques, par Maurice Alhoy et Jules Rostaing. Ouvrage illustré de quatorze portraits de femmes richement coloriés d'après les dessins de Louis Lassalle. *Paris, Vve Louis Janet, s. d.* (1852), in-8, portr., *broché*, couv.

15. LES AMIS des Livres. Portraits gravés par MM. Abot, P. Avril, G. Manchon et R. Piguet. Préface de M. Victor Mercier. *Paris, imprimé pour les Amis des Livres*, 1899, in-8, portr., demi-rel. mar. bleu, dos orné, *non rogné*.

Collection de 88 portraits des membres vivants et décédés de la Société des Amis des Livres.

16. LES ANGLAIS peints par eux-mêmes, par les sommités littéraires de l'Angleterre. Dessins de M. Kenny Meadous. Traduction de M. Émile de La Bédollierre. *Paris, Curmer*, 1840-1841, 2 vol. in-8, front., fig. et vignettes, demi-rel. dos et coins de chagrin vert, dos orné, *non rognés*. (*Rel. du temps.*)

Premier tirage.

17. ANNALES littéraires (et administratives). Publication collective des Bibliophiles Contemporains. *Imprimé pour les Sociétaires de l'Académie des beaux livres* (*Paris, Quantin et Dijon, Darantière*), 1890-1894, 5 vol. in-8, fig., *brochés*, couv.

18. ANNALES romantiques. Recueil de morceaux choisis de Littérature contemporaine. *Paris, Janet*, 1833, in-12, fig., veau fauve, dos orné, compartiments dorés et à froid sur les plats, tr. dor. (*Rel. du temps.*)

19. APULÉE (L.). L'Ane d'or, ou la métamorphose. Traduction de Savalète, préface de J. Andrieux. Avec nombreuses gravures dessinées par A. Racinet et P. Bénard. *Paris, Didot*, 1872, in-8, fig., *broché*, couv.

20. ARIOSTE. Roland furieux, par Arioste. Traduction nouvelle et en prose par M. V. Philippon de La Madelaine. Edition illustrée de 300 vignettes et de 25 magnifiques planches tirées à part sur chine, par MM. Tony-Johannot, Baron, Français et C. Nanteuil. *A Paris, J. Mallet et Cie*, 1844, gr. in-8, fig. *broché*, couv.

Premier tirage.
Prospectus de publication conservé.

21. ARNOULD (A.). Les Jésuites, depuis leur origine jusqu'à nos jours. Histoire, types, mœurs, mystères, par M. A. Arnould. Edition illustrée par MM. Tony-Johannot, Jules David, Janet Lange, etc. *Paris, Dutertre et Michel Lévy frères*, 1846, 2 vol. in-8, fig., *brochés*, couv.

Premier tirage.

22. ASSOLLANT. Histoire fantastique du célèbre Pierrot écrite par le magicien Alcofribas, traduite du sogdien par Alfred Assollant. Dessins par Yan'Dargent. *Paris, Furne*, 1865, in-8, fig., *broché*, couv.

PREMIER TIRAGE.

23. AUMALE (Henri-d'Orléans, duc d'). Les Zouaves et les Chasseurs à pied. Illustrations de Charles Morel gravées sur bois par Cl. Bellenger, Léveillé, Noël, Paillard. *Paris, pour la Société des Amis des Livres, s. d.* (1896), in-8, fig., *broché*, couv.

Jolies illustrations. Édition tirée à 123 exemplaires sur PAPIER VÉLIN du Marais.

24. AUTREFOIS ou le bon vieux temps. Types français du dix-huitième siècle. Texte par Audebrand, Roger de Beauvoir, La Bédollière, etc. Vignettes par Tony-Johannot, Th. Fragonard, etc. *Paris, Challamel, s. d.* (1842), in-8, fig. en noir et en couleurs, cart., *non rogné*.

PREMIER TIRAGE.

25. AYGUALS DE IZCO. Marie l'Espagnole, ou la Victime d'un Moine. Histoire de Madrid, mœurs et usages de ses habitants, description des célèbres combats de taureaux, des édifices remarquables, promenades, fêtes, etc., etc. Le tout encadré dans une intrigue dramatique par M. Wenceslas Ayguals de Izco, précédée d'une introduction par M. Eugène Sue. *Paris, Dutertre*, 1846, 2 vol. in-8, portr. et fig., *brochés*, couv.

Nombreuses illustrations gravées sur bois d'après *Urrabieta, Vallejo*, etc.
PREMIER TIRAGE.

26. BALADES dans Paris. Au Moulin de la Galette. A l'Hôtel Drouot. Sur les Quai. Au Luxembourg. Notes inédites par MM. E. R. (Rodrigues), Paul Eudel, B. H. Gausseron et Adolphe Retté. *Paris, Imprimé pour les Bibliophiles Contemporains*, 1894, in-8 carré, fig., *broché*, couv.

Cette édition est ornée de 4 figures par *A. Bertrand* en noir et en couleur, de vignettes en-têtes et d'encadrements en couleur à chaque page par *A. Lunois*.
Tirée à 180 exemplaires.

27. BALZAC. Les Chouans. Illustrations de Julien Le Blant, gravées sur bois par Leveillé (et gravées à l'eau forte par Boilvin). Préface par Jules Simon. *Paris, E. Testard et Cie*, 1889-1890, gr. in-8, fig., *broché*, couv.

28. — Les Contes drolatiques colligez es abbayes de Touraine et mis en lumière par le sieur de Balzac pour l'esbattement des Pantagruelistes et non aultres. Cinquiesme édition illustrée de 425 dessins par Gustave Doré. *Se trouve à Paris*,

ez bureaux de la Société générale de librairie, 1855, in-8, fig., broché, couv.

PREMIER TIRAGE. Couverture au nom de Garnier conservée.

29. BALZAC. EUGÉNIE GRANDET, par H. de Balzac, ouvrage orné de huit sujets dessinés par M. Dagnan-Bouveret gravés à l'eau-forte par M. Le Rat. *Paris, imprimé pour les Amis des Livres, par Motteroz*, 1883, in-8, fig., *broché*, couv.

Tiré à 120 exemplaires numérotés. Couverture conservée. Très rare.

30. — Histoire de l'Empereur racontée dans une grange par un vieux soldat, et recueillie par M. de Balzac. Vignettes par Lorentz. *Paris, Dubochet*, 1842, in-16, fig., *broché*, couv.

PREMIER TIRAGE.

31. — Œuvres complètes de H. de Balzac. *Paris, Vve Alex. Houssiaux*, 1869, 20 vol. in-8, portr. et fig., demi-rel. mar. rouge, tr. peigne. (*Bertrand*.)

32. — LA PEAU DE CHAGRIN. Études sociales. *Paris, Delloye et Lecou*, 1838, gr. in-8, portr. et fig. gravés sur acier, *broché*, couv.

Exemplaire du PREMIER TIRAGE, avec les deux portraits de Pauline et de Fœdora en épreuves tirées HORS TEXTE SUR PAPIER DE CHINE.
Couverture au nom de *Delloye*, datée de 1841, conservée.

33. — Le Péché véniel. Compositions de Paul Avril gravées à l'eau-forte par Edouard Léon et Raoul Serres. *Paris, Ch. Bosse*, 1901, in-8, portr. et fig., *broché*, couv.

34. — Petites misères de la Vie conjugale par H. de Balzac, illustrées par Bertall. *Paris, Chlendowski, s. d.* (1845), grand in-8, fig., *broché*, couv.

PREMIER TIRAGE. Prospectus conservé.

35. — Une Rue de Paris et son habitant. Avant-propos par M. le Vicomte de Spoelberch de Lovenjoul. Illustrations de François Courboin. *Paris, A. Rouquette*, 1899, in-8, fig., *broché*, couv.

Charmantes illustrations coloriées. Exemplaire imprimé sur PAPIER VÉLIN avec la suite des illustrations en TIRAGES A PART en noir.

36. BALZAC, BRIFFAULT et HUART. Paris marié, philosophie de la vie conjugale, par de Balzac, commentée par Gavarni. — Paris à table par Briffault, illustré par Bertall. — Paris dans l'eau par Briffault, illustré par Bertall. — Paris au bal par Louis Huart, 50 vignettes par Cham. *Paris, Hetzel et Aubert*, 1844-1846, 4 vol. in-8, fig., *brochés*, couv.

PREMIER TIRAGE. Ces volumes, qui se complètent, se trouvent rarement réunis.

37. BARBEY D'AUREVILLY. Le Bonheur dans le Crime. Préface par Paul Festugière. *Aux dépens de la Société Normande du Livre illustré* (*Evreux, impr. Ch. Hérissey*), 1897, in-8, portr. et fig., *broché*, couv.

Portrait de Barbey Aurevilly par *E. Lévy*, gravé par *Burney*, et illustrations de *F. Régamey*, gravées par *Monziès*.
Edition tirée à 85 exemplaires, contenant une double suite des illustrations dont l'EAU-FORTE PURE.

38. BARTHÉLEMY et MÉRY. Napoléon en Égypte. Waterloo et le Fils de l'Homme, par Barthélemy et Méry, précédés d'une notice littéraire par M. Tissot. Édition illustrée par H. Vernet et H. Bellangé. *Paris, Ernest Bourdin, s. d.* (1842), gr. in-8, fig., *broché*, couv.

PREMIER TIRAGE.

39. BATISSIER (L.). Le Nouveau Cabinet des Fées. Contes choisis précédés d'une notice sur les fées et les génies par L. Batissier. Dessins de MM. Foulquier et Pasini. *Paris, Furne et Cie*, 1864, in-8, fig., *broché*, couv.

PREMIER TIRAGE.

40. BEATTIE (W.). La Suisse pittoresque ornée de vues dessinées spécialement pour cet ouvrage par W.-H. Bartlett Esq. Accompagné d'un texte par William Beattie, M. D. Traduit de l'Anglais par L. de Bauclas. *Londres et Paris*, 1836, 2 vol. in-4, titres gravés et pl., cuir de Russie, *non rognés*.

41. LES BEAUTÉS de l'Opéra ou chefs-d'œuvre lyriques, illustrés par les premiers artistes de Paris et de Londres sous la direction de Giraldon. Avec un texte explicatif rédigé par Théophile Gautier, J. Janin et Philarète Chasles. *Paris, Soulié*, 1845, in-8 carré, fig., *broché*, couv.

10 portraits d'actrices célèbres et nombreuses vignettes gravées sur bois.
PREMIER TIRAGE.

42. BENOIST. La Normandie illustrée, Monuments, Sites et Costumes de la Seine-Inférieure, de l'Eure, du Calvados, de l'Orne et de la Manche, dessinés d'après nature par Félix Benoist, et lithographiés par les premiers artistes de Paris. Les costumes dessinés et lithographiés par Hte Lalaisse. *Nantes, Charpentier père, fils et Cie*, 1854, 2 vol. in-fol., *en livraisons*, couv.

Nombreuses planches lithographiées en noir et coloriées.

43. BÉRANGER (P. J. de). Chansons de P. J. de Béranger, anciennes, nouvelles et inédites, avec des vignettes de Devéria et des dessins coloriés d'Henri Monnier, suivies des procès intentés à l'auteur. *Paris, Baudouin frères*, 1828,

2 vol. in-8, demi-rel. veau, dos orné, *non rognés. (Rel. du temps.)*

Exemplaire contenant :

1° La suite complète des 40 figures coloriées d'*Henri Monnier* ;

2° La suite de un portrait et 86 figures par *Johannot, Charlet* et *Grenier* (Suite complète pour cette édition) ;

3° La suite de 8 figures légères de *Tony-Johannot* ;

4° 2 autographes de Béranger : *Le Carnaval de* 1818, chanson et une lettre adressée à Perrotin.

44. BÉRANGER (P.-J. de). Œuvres complètes. *Paris, Perrotin*, 1847, 2 vol. — Dernières Chansons. *Paris*, 1857. — Ma Biographie. *Paris*, 1860. — Correspondance. *Paris*, 1867. — Musique des Chansons. *Paris*, 1847. Ens. 6 vol. in-8, *brochés*, couv.

Edition ornée des figures de *Lemud, Charlet, Daubigny, Pauquet*, etc.

On y joint l'*Album Béranger*, suite de 84 figures de *Grandville*.

45. BÉRAT (Frédéric). Chansons, paroles et musique de Frédéric Bérat. Illustrations par T. Johannot, Raffet, Bida, Gendron, Lancelot, Mouilleron, C. Nanteuil, etc., gravées sur bois par Jardin. *Paris, Curmer, s. d.* (1853), in-8, portr. et fig., *broché*, couv.

PREMIER TIRAGE.

46. — Chansons, paroles et musique de Frédéric Bérat. *Paris, Curmer, s. d.* (1853), in-8, portr. et fig., cart., *non rogné*.

PREMIER TIRAGE. Ex-libris Eug. PAILLET.

47. BERGERET (Gaston). Les Événements de Pontax, par Gaston Bergeret. Ecriture manuscrite et aquarelles originales d'après Henriot. *Paris, Carteret et Cie*, 1889, gr. in-8, fig. coloriées, *broché*, couv.

Edition tirée à 200 exemplaires. Un des 175 exemplaires SUR PAPIER VÉLIN DU MARAIS.

48. — Journal d'un Nègre à l'Exposition de 1900. Soixante-dix-neuf aquarelles originales de Henry Somm. *Paris, Carteret et Cie*, 1901, pet. in-8, fig. coloriées, *broché*, couv.

49. BERLOT-CHAPUIT. Fables-proverbes, précédées d'une lettre-introduction de M. de Lamartine, et suivies des Souvenirs de Saint-Point, Monceau, etc. Edition illustrée d'après les dessins de Rosa Bonheur, Bertall, Daubigny, Jules David, Gavarni, Ph. Rousseau, gravés par Lavieille. *Paris, Garnier*, 1858, in-8, fig., *broché*, couv.

PREMIER TIRAGE.

50. BERTALL. Cahier des Charges des Chemins de fer, pamphlet illustré par Bertall. *Paris, Hetzel*, 1847, in-8, fig., *broché*, couv.

PREMIER TIRAGE.

51. BERTALL. La Comédie de notre temps. — La Civilité, les Mœurs, etc. — La Vie hors de chez soi. — La Vigne, Voyage autour des vins de France. *Paris, Plon*, 1874-1878, 4 vol. gr. in-8, fig. de Bertall, *brochés*, couv.

PREMIER TIRAGE.

52. — Omnibus. *Paris, Rousset*, (1844), in-8, fig. de Bertall, *en livraisons*, couv.

Exemplaire complet, sauf 3 couvertures de livraisons.

53. BERTHEROY (Jean). Femmes antiques. La Légende. L'Histoire. La Bible. Ouvrage couronné par l'Académie Française. Illustrations de Bouguereau, E. Adan, Falguière, G. Rochegrosse, etc., gravées par E. Champollion. *Paris, L. Conquet*, 1892, in-8, fig., *broché*, couv.

54. BOCCACE. Contes de Boccace (le Décameron), traduits de l'italien par A. Barbier. Vignettes de MM. Tony-Johannot, H. Baron, Eug. Laville, Célestin Nanteuil, etc. *Paris*, 1846, gr. in-8, front. et fig., *broché*, couv.

PREMIER TIRAGE.

55. BOITARD. Le Jardin des Plantes. Description et Mœurs des Mammifères de la Ménagerie et du Museum d'Histoire naturelle. Précédé d'une introduction historique, descriptive et pittoresque par M. J. Janin. *Paris, Dubochet et Cie*, 1842, in-8, front. et fig. de Girardet, Français, Traviès, etc., cart., *non rogné*.

PREMIER TIRAGE. On a ajouté 25 figures sur CHINE.

56. BONNEFONS (G.). Les Hôtels historiques de Paris, par Georges Bonnefons. Histoire, architecture. Illustrations par MM. Célestin Nanteuil, d'Aubigny, Bertall, etc. *Paris, Lecou*, 1852, gr. in-8, fig., *broché*, couv.

PREMIER TIRAGE.

57. BOSSUET (J. B.) Oraison funèbre du Grand Condé, par J. B. Bossuet, évêque de Meaux. *Paris, Morgand et Fatout*, 1879, in-4, front. et fig. de Lechevallier-Chevignard, *broché*, couv.

PAPIER DE JAPON.

58. BOUFFLERS (Chevalier Stanislas de). ALINE, REINE DE GOLCONDE. Conte. *Paris, gravé et imprimé pour la Société des Amis des livres*, 1887, in-8, fig., *broché*, couv.

Édition tirée à 115 exemplaires, ornée d'eaux-fortes d'après *Lynch*, gravées au lavis par *Gaujean*, dont 3 en couleurs.

59. BOUILHET (Louis). MELÆNIS. Préface de A. Join-Lambert. *Evreux, impr. de Ch. Hérissey*, 1900, in-8, front. et fig., *broché*, couv.

Édition tirée à 140 exemplaires, tous sur PAPIER VÉLIN, pour la Société

Normande du livre illustré. Gravures en couleurs exécutées par *Bertrand* d'après les aquarelles de *Paul Gervais*.

60. BOUILHET (Louis). Poésies. *S. l. n. d.*, 3 vol. in-8, fig. de Paul Avril, cart. (*Lemardeley.*)

Le Diable est là, conte inédit. — Guitare, poésie inédite. — Extrait de ses œuvres inédites.

Essai de publication, ornée de figures en couleurs, faite pour la *Société des Amis des livres*.

61. BOURASSÉ. La Touraine. Histoire et Monuments. Publié sous la direction de M. l'abbé J. J. Bourassé. *Tours, A. Mame et Cie*, 1855, pet. in-fol., pl., demi-rel. dos et coins de mar. vert, dos orné, tête dor., *non rogné*.

Très bel ouvrage, avec de nombreuses illustrations en noir et en couleurs.

Bel exemplaire du PREMIER TIRAGE, tiré sur GRAND PAPIER VÉLIN TEINTÉ. Ex-libris de J. JANIN.

62. BOURGET (Paul). PASTELS, dix portraits de femmes par Paul Bourget. Nouvelle édition revue et corrigée par l'auteur. Illustrations de Robaudi et Giraldon. *Paris, L. Conquet*, 1895, in-8, fig., *en feuilles*, couv., dans l'emboîtage de l'éditeur.

Édition tirée à 200 exemplaires sur PAPIER DU JAPON.

63. — Un Saint. Illustrations de Paul Chabas, gravées par Privat-Richart. *Paris, Lemerre*, 1894, in-18, fig., *broché*, couv.

Un des 50 exemplaires imprimés sur PAPIER DE CHINE.

64. — Un Scrupule. Illustrations de Myrbach gravées par L. Rousseau. *Paris, Lemerre*, 1893, in-18, fig., *broché*, couv.

Un des 50 exemplaires imprimés sur PAPIER DE CHINE.

65. BRIFFAULT (Eugène). Le Secret de Rome au XIXme siècle ; 1° le Peuple ; 2° la Cour ; 3° l'Eglise par Eugène Briffault. Illustré de 200 dessins par les artistes les plus distingués. *Paris, P. Boizard*, 1846, in-8, fig., *broché*, couv.

PREMIER TIRAGE. Prospectus conservé.

66. BRILLAT-SAVARIN. Physiologie du goût, illustrée par Bertall, précédée d'une notice biographique par Alphonse Karr. (*Paris*), *Gabriel de Gonet, s. d.* (1848), gr. in-8, fig., *broché*, couv.

PREMIER TIRAGE.

67. BURETTE (Théodose). Histoire de France depuis l'établissement des Francs dans la Gaule jusqu'en 1830. Enrichie

de 500 dessins par Jules David gravés par Chevin. *Paris, Benoist et Ducrocq*, 1840, 2 vol. in-8, fig., *brochés*, couv.

Premier tirage.

68. CAHU (Th.) et LELOIR (M.). Richelieu. Avant-propos de Gabriel Hanotaux. *Paris, Combet et Cie*, 1901, in-4, fig. en couleurs de M. Leloir, *en feuilles*, dans un carton.

On y joint : La Tour d'Auvergne, premier grenadier de France par G. Montorgueil et Job. *Paris*, 1902, in-4, fig. coloriées, *en feuilles*, dans un carton.

69. CALDELAR (Mme Adèle). Fables morales et religieuses par Madame Adèle Caldelar. Dessins par Eustache Lorsay. *Paris, Au Comptoir des Imprimeurs-Unis*, 1844, in-8, fig., *broché*, couv.

Premier tirage.

70. LA CARICATURE [Morale, religieuse, littéraire et scénique]. Journal fondé et dirigé par Ch. Philipon. *Paris, Aubert*, 1831-1835, 10 vol. in-4, *en feuilles*, dans des cartons, *non rognés*.

Collection complète de ce journal de caricatures qui comprend 528 pl. noires et coloriées dessinées par *Daumier, Charlet, Grandville, H. Monnier, Raffet*, etc., numérotées de 1 à 524 et publiées en 251 livraisons.

Il contient les titres et les tables des tomes 2 à 6. Les figures non coloriées des tomes 7 à 10 sont tirées sur Papier de Chine.

L'exemplaire renferme la suite complète des 24 estampes de la *Lithographie mensuelle* ; 8 de ces estampes dont *Enfoncé La Fayette* et *Rue Transnonain* sont tirées sur Papier de Chine.

71. CASTI (J.-B.). Les Animaux parlants, poëme héroï-comique de Casti ; traduction nouvelle par L.-J. Alary. Edition illustrée de dessins par T. de Jolimont. *Moulins, Martial Place*, 1847, 2 vol. in-8, portr. et fig., *brochés*, couv.

Premier tirage.

72. CAZOTTE. Le Diable amoureux par J. Cazotte. Précédé de sa vie, de son procès et de ses prophéties et révélations par Gérard de Nerval. Illustré de 200 dessins par Edouard de Beaumont. *Paris, Ganivet*, 1845, in-8, fig., *broché*, couv.

Premier tirage.

73. CELLARIUS. La Danse des Salons. Dessins de Gavarni, gravés par Lavieille. *Paris*, 1847, in-8, fig., *broché*, couv.

Premier tirage.

74. LES CENT NOUVELLES nouvelles. Edition revue sur les textes originaux et illustrée de plus de 300 dessins par A. Robida. *Paris, à la librairie illustrée, s. d.*, 2 vol. in-8, fig., *brochés*, couv., dans un emboîtage illustré.

75. CERVANTES. L'Ingénieux Hidalgo Don Quichotte de la Manche par Miguel de Cervantes de Saavedra traduit et annoté par Louis Viardot, vignettes de Tony Johannot. *Paris, Dubochet et Cie*, 1836-1837, 2 vol. gr. in-8, fig., *brochés*, couv.

PREMIER TIRAGE. Les couvertures portent la date de 1838.

76. — L'Ingénieux Chevalier Don Quichotte de la Manche. Traduction nouvelle. Illustré par J.-J. Grandville. *Tours, Mame et Cie*, 1848, 2 vol. pet. in-8, fig., *brochés*, couv.

PREMIER TIRAGE.

77. CHALLAMEL (Aug.). Histoire-Musée de la République française depuis l'Assemblée des notables jusqu'à l'Empire, avec les estampes, costumes, médailles, caricatures, portraits historiés et autographes les plus remarquables du temps. *Paris, Challamel*, 1842, 2 vol. in-8, fig., *brochés*, couv.

PREMIER TIRAGE.

78. CHAMBURE. Napoléon et ses contemporains. Suite de gravures représentant des traits d'héroïsme, de clémence, de générosité, de popularité, avec texte, publiée par Auguste de Chambure. *Paris, J. Renouard*, 1828, in-4, portr. et fig., veau violet, dos orné, enc. de fil. et ornements, aigles impériales sur le dos et aux angles des plats, tr. dor. (*Rel. du temps.*)

Orné de 48 figures de *Raffet, Charlet, Devéria, etc.*

79. CHAMPFLEURY. Le Violon de faïence, dessins en couleurs par M. Emile Renard, eaux-fortes par M. J. Adeline. *Paris, E. Dentu*, 1877, in-8, *broché*, couv.

Joli volume orné de vignettes en couleurs.

80. — Le Violon de Faïence par Champfleury. Nouvelle édition illustrée de 34 eaux-fortes de Jules Adeline. Avant-propos de l'auteur. *Paris, L. Conquet*, 1885, pet. in-8, front. et fig., *broché*, couv.

Un des 50 exemplaires imprimés sur PAPIER DU JAPON avec deux états des illustrations, avec et AVANT LA LETTRE.
Prospectus conservés.

81. CHANTS et Chansons populaires de la France. *Paris, Delloye*, 1843, 3 vol. gr. in-8, fig., veau gris, fil., tr. jaspée. (*Rel. du temps.*)

PREMIER TIRAGE. Figures de *Meissonier, Daubigny, Trimolet*, etc.

82. CHASLES (Philarète). Révolution d'Angleterre. Charles Ier, sa Cour, son Peuple et son Parlement, 1630 à 1660. Histoire anecdotique et pittoresque du mouvement social et de la guerre civile en Angleterre au XVIIe siècle. XVIII gravures

sur acier d'après Van Dyck, Rubens et Cattermole. *Paris, Vve L. Janet, s. d.* (1844), in-8, fig., *en feuilles*, couv.

PREMIER TIRAGE. Exemplaire contenant la suite des 7 portraits hors texte gravés sur bois, en double épreuve, tirés sur blanc et sur PAPIER DE CHINE. Portrait de *Corneille* sur CHINE ajouté.

83. CHEVALIER (Abbé C.). Promenades pittoresques en Touraine. Histoire, légendes, monuments, paysages par M. l'Abbé C. Chevalier. 180 gravures sur bois d'après Karl Girardet et Français. *Tours, Alfred Mame et fils*, 1869, in-8, fig. et carte, *broché*, couv.

84. CHEVIGNÉ (Cte de). Les Contes Rémois, par M. le Cte de C... (Chevigné). Dessins de E. Meissonier. Troisième édition. *Paris, Michel Lévy frères*, 1858, in-8, portr. et fig., demi-rel. dos et coins de mar. rouge, dos orné, tête dor., *non rogné*, couv. (*Petit.*)

PREMIER TIRAGE. Exemplaire en GRAND PAPIER VÉLIN, tiré de format in-8. Ex-libris ARNAULDET.

85. CHRISTIAN. La Morale merveilleuse. Contes de tous les temps et de tous les pays. *Paris*, 1844, in-8, fig., *broché*, couv.

PREMIER TIRAGE.

86. CHRONIQUES du Château de Gironville extraites de la Chronique latine de Turpin, de la Chronique arabe de Ben-Thamar, et d'un poème norvégien du IXe siècle (par Duffour-Dubergier, Biarnez, etc.). Illustrations de J.-H. Beaucé, gravures de Pisan. *Paris, Plon frères*, 1854, gr. in-8, front. et fig., cart., tête dor., *non rogné*.

PREMIER TIRAGE.

87. CLER (Albert). La Comédie à cheval, ou manies et travers du monde équestre : Jockey-Club, Cavalier, etc. par Albert Cler ; illustrée par MM. Charlet, T. Johannot, etc. *Paris, Bourdin, s. d.* (1842), in-18, fig., *broché*, couv.

PREMIER TIRAGE. Exemplaire auquel on a ajouté les fumés de 43 vignettes.

88. CLARETIE (Jules). Bouddha. Un frontispice et 10 vignettes dessinées par Robaudi, gravées par A. Nargeot. *Paris, L. Conquet*, 1888, in-18, front. et fig., mar. rouge, milieux formés de fleurs en mosaïque de mar. vert et citron, tr. dor. (*Marius-Michel.*)

Exemplaire numéroté imprimé sur PAPIER DU JAPON. Charmante aquarelle de *Robaudi* sur le faux-titre.
Reliure exécutée sur brochure. Couverture conservée.

89. ——— La Corde. Illustrations de Ch. Jouas, gravées par Boisson. *Paris, imprimé pour les Amis des Livres*, 1901, pet. in-8, fig., *broché*, couv.

Édition tirée à 125 exemplaires.

90. CLARETIE (Jules). Explication par Jules Claretie. Illustrée par A. Robida. *Paris, Librairie illustrée,* 1894, in-4, fig., *broché,* couv.

Un des 50 exemplaires imprimés sur PAPIER DU JAPON pour la *Librairie Conquet.*

91. LES CLASSIQUES de la Table, à l'usage des praticiens et des gens du monde. Des illustrations sont entremêlées au texte. *Paris,* 1844, in-8, portr., fig. et vign., *broché,* couv.

Exemplaire de l'édition la plus complète contenant 15 portraits et planches.

92. Les Classiques de la Table. Ornés de portraits, vignettes sur acier, eaux-fortes, lithographies d'après MM. P. Delaroche, Scheffer, A. et T. Johannot, Isabey, Gavarni, E. Lamy, etc. *Paris,* 1845, 2 vol. in-8, front. et fig., demi-rel.

Exemplaire bien complet contenant 10 portraits et figures. 16 portraits et figures en différents états ajoutés.

93. COLERIDGE (S.). The Rime of the Ancient Mariner. Illustrated by Gustave Doré. *London,* 1876, in-fol., *en feuilles.*

Un frontispice et 38 grandes compositions par *Gustave Doré.*

94. COPPÉE (François). Œuvres de François Coppée, poésies, 1864-1878. *Paris, Lemerre,* 1883-1885, 2 vol. in-4, portr. et fig., *brochés,* couv.

Eaux-fortes de *Boilvin* et de *L. Rossi.*
Un des 50 exemplaires tirés sur PAPIER WHATMAN contenant les en-têtes en triple état et les figures en double état.

95. Rivales. Illustrations de Moisand gravées par Ruffe. *Paris, Lemerre,* 1893, in-18, fig., *broché,* couv.

Un des 50 exemplaires imprimés sur PAPIER DE CHINE.

96. CORMENIN. Entretiens de village, par M. de Cormenin. Huitième édition illustrée de 40 gravures. *Paris, Pagnerre,* 1847, in-12, fig. de Daubigny, *broché,* couv.

PREMIER TIRAGE.

97. Livre des Orateurs, par Timon. Onzième édition, ornée de 27 portraits gravés sur acier. *Paris, Pagnerre,* 1842, gr. in-8, portr., cart., *non rogné.*

PREMIER TIRAGE. Couvertures collées sur le cartonnage.
On y joint la suite des portraits en épreuves AVANT LA LETTRE, sur CHINE.

98. COURTELINE (Georges). La Vie de Caserne. Compositions originales de Henri Dupray. *Paris, A. Magnier,* 1896, in-8, fig. en couleurs, *broché,* couv.

Un des 30 exemplaires imprimés sur PAPIER DE CHINE, avec une triple suite des figures, dont deux en couleur.

99. COUSIN (Charles). Voyage dans un Grenier par Charles C, *Paris, Morgand et Fatout*, 1878, pet. in-fol., fig., *broché*, couv.

Papier de Hollande. Un des 5 exemplaires avec les tirages successifs de la première page.
Nombreuses planches à l'eau-forte et en chromotypographie.

100. CUENDIAS (de) et de FEREAL. L'Espagne pittoresque, artistique et monumentale. Mœurs, usages et costumes, par de Cuendias et de Féréal, illustrations par Célestin Nanteuil. *Paris, s. d.* (1848), in-8, fig., *broché*, couv.

Premier tirage.

101. DANTAN jeune. Les Dominotiers de Dantan jeune. *Paris*, 1848, in-fol., portr., *broché*.

Tiré à 70 exemplaires.
Frontispice en couleur et 56 portraits lithographiés sur Papier de Chine.

102. — Musée Dantan. Galerie des charges et croquis des célébrités de l'époque, avec texte explicatif et biographique. *Paris, H. Delloye*, 1839, in-8, fig., demi-rel. chagrin bleu, dos orné.

Volume des plus curieux publié par Louis Huart. Il reproduit les portraits-charges des hommes célèbres sculptés par *Dantan*, exposés dans le Passage des Panoramas. Bel exemplaire bien complet.

103. DANTE. Œuvres de Dante Alighieri. La Divine Comédie, l'Enfer, le Purgatoire, le Paradis. Traduction nouvelle par Sébastien Rhéal. Illustrations par Antoine Etex. *Paris, J. Bry aîné*, 1854, gr. in-8, fig., *broché*, couv.

Premier tirage.

104. DAUDET (Alphonse). Fromont jeune et Risler aîné. Mœurs parisiennes. Par Alphonse Daudet. Notice littéraire par Gustave Geffroy. Douze compositions de Em. Bayard gravées à l'eau-forte par J. Massard. *Paris, L. Conquet*, 1885, 2 vol. in-8, fig., *brochés*, couv.

Exemplaire imprimé sur Papier du Japon, avec les illustrations en double état : avec et avant la lettre.

105. — Tartarin sur les Alpes, nouveaux exploits du héros tarasconnais, par Alph. Daudet. Illustré d'aquarelles par Aranda, de Beaumont, de Myrbach. *Paris, Calmann Lévy*, 1885, in-8, fig., *broché*, couv.

Figures en couleur. Papier du Japon.
On y joint : Tartarin de Tarascon. Illustré par Girardet, Montégut, de Myrbach, etc. *Paris, Marpon et Flammarion*. 1887, in-12, *broché*.
Exemplaire imprimé sur Papier du Japon.

106. DAUMIER (H.). Les Cent et un Robert Macaire, composés et dessinés par H. Daumier, sur les idées et les légendes de

M. Ch. Philipon. Texte par Maurice Alhoy et Louis Huart. *Paris, Aubert et Cie*, 1840, 2 vol. in-4, *brochés*, couv.

Bel exemplaire.

107. DAVILLIER (Ch.). L'Espagne par le Baron Ch. Davillier, illustrée de 309 gravures dessinées sur bois par Gustave Doré. *Paris, Hachette et Cie*, 1874, pet. in-fol., fig., *broché*, couv.

PREMIER TIRAGE.

108. DELAPALME. Le Livre de mes petits-enfants par M. Delapalme. Dessins par H. Giacomelli. *Paris. Hachette et Cie*, 1866, gr. in-8, fig., *broché*, couv.

PREMIER TIRAGE.

109. DELAVIGNE (C.). Messéniennes et Chants populaires par C. Delavigne. *Paris, Furne et Cie*, 1840, in-8, portr. et fig. de Marckl, *broché*, couv.

PREMIER TIRAGE.

110. DELILLE (Ch.-J.). La France au XIXe siècle, illustrée dans ses Monuments et ses plus beaux sites. Dessinés d'après nature par Thomas Allom. Avec un texte descriptif par Ch.-J. Delille. *Londres et Paris, s. d.*, 3 vol. in-4, titres gravés et pl., *en livraisons*.

111. LES DEMI-CABOTS. Le Café-Concert, le Cirque, les Forains. Dessins de H. G. Ibels. Textes de G. d'Esparbès, A. Ibels, M. Lefèvre, G. Montorgueil. *Paris, Charpentier et Fasquelle et L. Conquet*, 1896, in-12, fig., *broché*, couv.

Un des 100 exemplaires imprimés sur PAPIER DE CHINE.

112. DEMIDOFF (Anatole de). Voyage dans la Russie méridionale et la Crimée, par la Hongrie, la Valachie et la Moldavie. Exécuté en 1837 par M. Anatole de Demidoff. Edition illustrée de 64 dessins par Raffet. *Paris, Bourdin*, 1840, in-8, fig., *broché*, couv.

Exemplaire du PREMIER TIRAGE contenant les 24 grandes figures de *Raffet*, sur PAPIER DE CHINE. Portrait de Nicolas Ier gravé sur acier ajouté.

113. —— Voyage dans la Russie méridionale et la Crimée, par la Hongrie, la Valachie et la Moldavie, par M. Anatole de Demidoff. Illustré par Raffet. Deuxième édition revue et augmentée par l'Auteur. *Paris, Ernest Bourdin*, 1854, in-4, portr. et fig., pl. et cartes, *broché*, couv.

Édition augmentée de planches de costumes qui sont coloriées. Exemplaire imprimé sur PAPIER VÉLIN FORT.

114. DENON (Vivant). Point de Lendemain, conte illustré de

treize compositions de Paul Avril. *Paris, P. Rouquette*, 1889, in-8, fig., *broché*, couv.

Exemplaire imprimé sur PAPIER DU JAPON contenant une triple suite des illustrations dont l'EAU-FORTE PURE.

On y joint une quatrième suite des figures tirées SUR JAPON en différents tons.

115. DESMARES (Eug.). Les Métamorphoses du jour ou La Fontaine en 1831, par Eug. Desmares, avec vignettes dessinées par Henri Monnier. *Paris, Delaunay*, 1831, 2 vol. in-8, fig., *en livraisons*, couv.

Couvertures de livraisons, couvertures générales et prospectus conservés.

116. — Les Métamorphoses du jour ou La Fontaine en 1831. *Paris*, 1831, 2 vol. in-8, fig., *brochés*, couv.

117. DESNOYERS (Louis). Les Mésaventures de Jean-Paul Choppart. Illustrées par H. Giacomelli. Nouvelle édition avec gravures hors texte par Cham. *Paris, J. Hetzel, s. d.* (1868), in-8, front. et fig., demi-rel. mar. vert à grains longs, tête dor., *non rogné*, couv. (*R. Petit.*)

118. DEYEUX (Théophile). Le Vieux Chasseur. *Paris, Librairie d'Houdaille*, 1835, in-8, fig., demi-rel. veau, dos orné. (*Boutigny.*)

PREMIER TIRAGE. Frontispice et 52 planches lithographiées par *Benard* d'après *Forest*.

Jolie reliure avec dos orné de fers spéciaux, chien, lièvre, écureuil, oiseaux, etc.

119. LE DIABLE A PARIS. Paris et les Parisiens. Mœurs et Coutumes. Caractères et Portraits des habitants de Paris, tableau complet de leur vie privée, etc. *Paris, Hetzel*, 1845-1846, 2 vol. in-8, fig., demi-rel. dos et coins de chagrin brun, dos orné, tête dor., *ébarbé*.

Texte par G. Sand, Balzac, Nerval, Gozlan, Musset, Gautier, Karr, Briffault, etc. Figures de *Bertall* et *Gavarni*.

PREMIER TIRAGE.

120. DIDEROT. Jacques le Fataliste et son Maître. Douze dessins de Maurice Leloir gravés à l'eau-forte par Courtry, de Los Rios, Mongin, Teyssonnières. *Paris, imprimé pour les Amis des Livres, par G. Chamerot*, 1884, in-8, fig., *broché*, couv.

Tiré à 138 exemplaires numérotés, sur PAPIER DU JAPON. Figures en double état. Contient la planche refusée.

121. — Le Neveu de Rameau. Satire par Denis Diderot, revue sur les textes originaux et annotée par Maurice Tourneux. Portrait et illustrations par F.-A. Milius. *Paris, Rouquette*, 1884, in-8, portr. et fig., *broché*, couv.

Illustrations en double état : avec et AVANT LA LETTRE.

122\. DORÉ (Gustave). Histoire pittoresque, dramatique et caricaturale de la Sainte Russie d'après les chroniqueurs et historiens Nestor, Nikan, Sylvestre, Karamsin, Ségur, etc., commentée et illustrée de 500 magnifiques gravures par Gustave Doré, gravées sur bois par toute la nouvelle école. *Paris, Bry*, 1854, in-8, *broché*, couv.

PREMIER TIRAGE. Avec la tache rouge de la p. 97.

123\. DROZ (Gustave). Monsieur, Madame et Bébé, par Gustave Droz. Edition illustrée par Edmond Morin et ornée d'un portrait de l'auteur en frontispice gravé par Léopold Flameng. *Paris, V. Havard*, 1878, in-8, portr. et fig., *broché*, couv.

PREMIER TIRAGE.

124\. DUMAS père (Alexandre). Le Chevalier de Maison-rouge. Illustrations de Julien Le Blant, gravées sur bois par Léveillé. *Paris, Emile Testard (Ferroud)*, 1894, 2 vol. in-8, fig., *brochés*, couv.

Un des 35 exemplaires imprimés sur PAPIER DE CHINE, contenant le TIRAGE A PART des figures sur bois et une quadruple suite des eaux-fortes de *Géry-Bichard* sur CHINE, dont l'EAU-FORTE PURE.

125\. — Le Comte de Monte-Cristo. *Paris*, 1846, 2 vol. in-8, portr. et fig. de Johannot, Gavarni, etc., *brochés*, couv.

PREMIER TIRAGE.

126\. — La Dame de Monsoreau. Compositions de Maurice Leloir, gravures sur bois de J. Huyot. *Paris, Calmann Lévy*, 1903, 2 vol. gr. in-8, front. et fig., *brochés*, couv.

127\. — Louis XIV et son Siècle par M. Alexandre Dumas. *Paris, Fellens et Dufour*, 1844-1845, 2 vol. in-8, portr. et fig. par Rouargue, Marckl, Guérin, Wattier, etc., *brochés*, couv.

ÉDITION ORIGINALE.

128\. — Napoléon, par Alexandre Dumas, avec douze portraits en pied. Gravés sur acier par les meilleurs artistes, d'après les peintures et les dessins de Horace Vernet, Tony Johannot, Isabey, Jules Boilly, etc. *Paris, Au Plutarque Français et Delloye*, 1840, in-8, portr., *broché*, couv.

ÉDITION ORIGINALE.

129\. — La Tour de Nesle, drame en cinq actes et neuf tableaux, par F. Gaillardet et A. Dumas. *Paris, imprimé pour les Amis des livres (par Ph. Renouard)*, 1901, pet. in-4, front. et fig., *broché*, couv.

Édition tirée à 115 exemplaires sur PAPIER DU MARAIS. Illustrations gravées en couleurs par *A. Bertrand* d'après les dessins de *A. Robida*.

130\. — LES TROIS MOUSQUETAIRES, avec une lettre

d'Alexandre Dumas fils. Compositions de Maurice Leloir, gravures sur bois de J. Huyot. *Paris, Calmann Lévy*, 1894, 2 vol. gr. in-8, fig., *brochés*, couv.

Un des 100 exemplaires imprimés sur PAPIER DE CHINE avec les TIRAGES A PART de toutes les illustrations.

On y joint le *Catalogue de la vente des 250 dessins originaux de M. Leloir pour les Trois Mousquetaires*, également sur PAPIER DE CHINE.

131. DUMAS fils (Alex.). La Dame aux Camélias. Préface de Jules Janin. Édition illustrée par Gavarni. *Paris, Havard*, 1858, gr. in-8, fig., *broché*, couv.

PREMIER TIRAGE.

132. — La Dame aux Camélias, par Alex. Dumas fils. Préface de Jules Janin et nouvelle préface inédite de l'auteur. Illustrations de A. Lynch. *Paris, Quantin, s. d.* (1886), in-4, fig., *broché*, couv.

Frontispice gravé à l'eau-forte par *Gaujean* et 10 eaux-fortes hors texte gravées par *Champollion* et *Massé* d'après *A. Lynch*.

Un des 100 exemplaires imprimés sur PAPIER DU JAPON avec les eaux-fortes en 2 états et les héliogravures tirées HORS TEXTE sur PAPIER DU JAPON.

133. — La Dame aux Camélias, par Alex. Dumas fils. *Paris, Quantin, s. d.* (1886), in-4, fig., demi-rel. dos et coins de mar. vert, dos orné, tête dor., *non rogné*.

Bel exemplaire auquel on a ajouté le portrait de l'auteur gravé à l'eau-forte par *Burney*. Couverture conservée.

134. DUPONT (Pierre). Chants et Chansons (Poésie et Musique) de Pierre Dupont. Ornés de gravures sur acier d'après T. Johannot, Andrieux, C. Nanteuil, etc. *Paris, A. Houssiaux*, 1851-1854, 4 vol. pet. in-8, portr. et fig., *en livraisons*, couv.

PREMIER TIRAGE. Manque la couverture du quatrième volume.

135. ENAULT (Louis). Dans les Bois. Imité de l'Allemand par Louis Enault. Dessins par Weber, gravés par Sargent. *Paris, J. Rothschild*, 1870, in-8 carré, *broché*, couv.

136. LES ENVIRONS de Paris. Paysage, histoire, monuments, mœurs, chroniques et traditions. Ouvrage rédigé sous la direction de MM. Ch. Nodier et Louis Lurine. *Paris, P. Boizard et G. Kugelmann, s. d.* (1844), in-8, front. et fig. de Nanteuil, Baron, David, etc., demi-rel. dos et coins de mar. rouge, tête dor., *non rogné*.

PREMIER TIRAGE.

137. LES ÉTRANGERS à Paris, par MM. Louis Desnoyers, J. Janin, Old-Nick, Marco St-Hilaire, R. de Beauvoir, etc. Illustrations de MM. Gavarni, Th. Frère, H. Emy, Th. Guérin, Ed. Frère. *Paris, Ch. Warée, s. d.* (1845), gr. in-8, fig., *broché*, couv.

PREMIER TIRAGE. Prospectus conservé.

138. EVANGILES. Les Saints Évangiles, traduits de la Vulgate, par M. l'abbé Dassance, illustrés par MM. Tony Johannot, Cavelier, Séguin et Brevière. *Paris, L. Curmer*, 1836, 2 vol. gr. in-8, fig., mar. bleu, dos orné, fil. et enc. sur les plats, tr. dor.

Édition ornée d'encadrements gravés sur bois à chaque page.
PREMIER TIRAGE.

139. FÉNELON. Les Aventures de Télémaque, suivies des Avantures d'Aristonoüs et précédées d'un essai historique sur Fénelon par V. Philipon de la Madelaine. *Paris, J. Mallet et Cie*, 1840, in-8, portr. et fig., cart., *non rogné*.

PREMIER TIRAGE. Couverture collée sur le cartonnage.

140. FEUILLET (Octave). Julia de Trécœur. *Paris, Calmann Lévy*, 1885, pet. in-8, *broché*, couv.

Illustrations de *Henriot*, tirées à part, ajoutées.

141. — Le Village. Scène provinciale. Préface de Mme Octave Feuillet. *Aux dépens de la Société Normande du Livre illustré* (*Paris, imprimé par Ph. Renouard*), 1901, in-8, portr. et fig., *broché*, couv.

Illustrations de *Albert Dawant*, gravées au burin par *Boisson*.
Édition tirée à 143 exemplaires numérotés sur PAPIER VÉLIN.

142. FÉVAL (Paul). Les Contes de nos Pères par Paul Féval. Illustrés par Bertall. *Paris, Chlendowski, s. d.* (1845), in-8, fig., *broché*, couv.

PREMIER TIRAGE.

143. — Le Premier Amour de Charles Nodier. Avant-propos de Maurice Tourneux. *Paris, A. Rouquette*, 1900, in-8, portr. et fig. de Vogel, *broché*, couv.

Édition tirée à 150 exemplaires avec la suite des illustrations, tirées à part sur CHINE.

144. FIASQUE, mêlé d'allégories. Illustre illustration d'illustres illustralisés, illustrée par un illustrissime illustrateur illustrement inillustre. *Paris, Auguste*, 1840, 2 part. en un vol. in-8, fig., cart., *non rogné*.

Suite de 147 dessins de caricatures et de charges par *A. Lorentz*. La signature à rebours de cet artiste se lit sur toutes les planches. Rare.

145. FIEFFÉ (Eug.). Napoléon Ier et la Garde impériale. Texte par Eugène Fieffé. Dessins par Raffet. *Paris, Furne fils*, 1859, in-4, pl., *broché*, couv.

Frontispice et 20 planches de costumes militaires en couleur.

146. FIÉVÉE (Joseph). La Dot de Suzette. Avec notice biographique inédite. Illustrations par V Foulquier. *Paris*,

Imprimé pour les Amis des Livres, 1892, in-8, portr. et fig., *broché,* couv.

Édition tirée à 115 exemplaires avec les illustrations en triple état.

147. FIGURES de Paris. Ceux qu'on rencontre et celles qu'on frôle. Illustrations de Victor Mignot. Proses de MM. M. Beaubourg, A. Beaunier, Saint-Georges de Bouhélier, L. Codet, Franc-Nohain, A. Jarry, Gustave Kahn, etc. *A Paris, pour les Bibliophiles indépendants, chez H. Floury,* 1901, in-4, fig. en noir et en couleurs, *broché,* couv.

Tiré à 218 exemplaires.

148. FLAUBERT (Gustave). UN CŒUR SIMPLE, par Gustave Flaubert. Illustré de vingt-trois compositions par Emile Adan gravées à l'eau-forte par Champollion. Préface par A. de Claye. *Paris, A. Ferroud,* 1894, in-8, fig., *broché,* couv.

Un des 40 exemplaires numérotés imprimés sur PAPIER DU JAPON, avec trois états des illustrations dont l'EAU-FORTE PURE.

149. — HÉRODIAS, par Gustave Flaubert. Compositions de Georges Rochegrosse gravées à l'eau-forte par Champollion. Préface par Anatole France. *Paris, A. Ferroud,* 1892, in-8, fig., *broché,* couv.

Un des 50 exemplaires imprimés sur PAPIER DU JAPON avec deux états des illustrations dont le TIRAGE A PART hors texte avec REMARQUES.

150. — LA LÉGENDE DE SAINT-JULIEN L'HOSPITALIER, illustrée de vingt-six compositions par Luc-Olivier Merson, gravées à l'eau-forte par Géry-Bichard. Préface par Marcel Schwob. *Paris, A. Ferroud,* 1895, in-8, *broché,* couv.

Un des 40 exemplaires imprimés sur PAPIER DU JAPON, avec trois états des illustrations dont l'EAU-FORTE PURE.

151. FLORIAN. Fables de Florian illustrées par Victor Adam, précédées d'une notice par Ch. Nodier et d'un essai sur la Fable et suivies des poèmes de Ruth et de Tobie. *Paris, Delloye, s. d.* (1839), in-8, fig., *broché,* couv.

Edition augmentée des poèmes de *Ruth* et de *Tobie.*

152. — Fables de Florian illustrées par J.-J. Grandville, suivies de Tobie et de Ruth. *Paris, Dubochet et Cie,* 1842, in-8, front. et fig., demi-rel. dos et coins de mar. rouge, tête dor., éb. (*Petit.*)

PREMIER TIRAGE. On y joint 71 figures de *Grandville* tirées sur CHINE VOLANT.

153. — Fables de Florian. Préface par M. Anatole de Montaiglon. Compositions inédites de Moreau, gravées par

Martial. *Paris, Rouquette,* 1882, in-12, portr. et vignettes, *broché,* couv.

Un des 70 exemplaires imprimés sur PAPIER DU JAPON, contenant une triple suite des illustrations dont l'EAU-FORTE PURE.

154. FLORIAN. Fables choisies de J.-P. Claris de Florian, illustrées par des artistes japonais sous la direction de P. Barboutau. *Tokio et Paris, Marpon et Flammarion. s. d.*, 2 vol. pet. in-4, fig. coloriées, cart., étuis.

Un des 200 exemplaires imprimés sur PAPIER DU JAPON.

155. FOË (D. de). Aventures de Robinson Crusoé par Daniel de Foé. Traduction nouvelle. Edition illustrée par Grandville. *Paris, H. Fournier aîné,* 1840, in-8, portr. et fig., cart., *non rogné.*

PREMIER TIRAGE.

156. LES FRANÇAIS peints par eux-mêmes. Encyclopédie morale du XIXe siècle, texte par les sommités littéraires. — Le Prisme. Encyclopédie morale du dix-neuvième siècle. *Paris, L. Curmer,* 1840-1842, 9 vol. gr. in-8, fig. de Charlet, Daubigny, Daumier, Monnier, Lami, Meissonier, etc., demi-rel. dos et coins de chagrin vert, dos orné, *non rognés.*

Les Français peints par eux-mêmes comprennent : 5 vol. pour *Paris*, 3 vol. pour la *Province* et 1 vol. pour le *Prisme*.
Exemplaire du PREMIER TIRAGE avec les figures coloriées.

157. — Les Français peints par eux-mêmes. *Paris, L. Curmer,* 1840-1842, 5 vol. in-8, fig., cart., *non rognés.*

Partie complète de l'ouvrage consacrée à *Paris*; peut-être la plus intéressante de cette publication.
Rarissime exemplaire imprimé sur PAPIER DE CHINE.

158. FRANCE (Anatole). Le Procurateur de Judée. *Paris, Société des Amis des Livres,* 1902, in-12, fig., *broché,* couv.

Edition tirée à 150 exemplaires.
Texte gravé et figures de *Gorguet* gravées à l'eau-forte par *L. Muller*.

159. FRANC-LECOMTE (P.). Histoire de Napoléon II, né Roi de Rome, mort Duc de Reichstadt. Faisant suite à toutes les histoires de Napoléon. Magnifique édition splendidement illustrée par Tony-Johannot, Fragonard, Bourdet. *Paris, Administration de Librairie,* 1842, in-8, front. et fig., *broché,* couv.

PREMIER TIRAGE.

160. FROMENTIN (Eugène). Sahara et Sahel. Un Été dans le Sahara. Une Année dans le Sahel. Edition illustrée de douze eaux fortes par Lerat, Courtry et Rajon, d'une héliogravure par le procédé Goupil et de 45 gravures d'après Eugène

Fromentin. *Paris, Plon et Cie*, 1879, gr. in-8, front. et fig., *broché*, couv.

Un des 100 exemplaires d'artiste imprimés sur PAPIER VÉLIN, avec les eaux-fortes en quadruple état.

161. GALERIE de la Presse, de la Littérature et des Beaux-Arts. Directeur des dessins, M. Charles Philipon, Rédacteur en chef, M. Louis Huart. *Paris, au bureau de la publication*, 1839, 3 vol. in-4, *brochés*, couv.

Ces 3 volumes renferment ensemble 147 portraits des personnages les plus marquants dans les lettres, la peinture, la sculpture, les arts, etc. Ces portraits ont été lithographiés par *Gigoux*, *Devéria*, *C. Nanteuil*, etc.

162. GALLAND (Antoine). Les Mille et une Nuits. Contes arabes, traduits par Galland. Edition illustrée par les meilleurs artistes français et étrangers, revue et corrigée sur l'édition princeps de 1704 ; augmentée d'une dissertation sur les Mille et une Nuits par M. le Baron Silvestre de Sacy. *Paris, Ernest Bourdin et Cie, s. d.* (1840), 3 vol. gr. in-8, fig., *brochés*, couv.

Nombreuses illustrations d'après *Baron*, *Français*, *Girardet*, *Léveilly*, *Marville*, *Wattier*, etc.
Très rare exemplaire imprimé sur PAPIER VÉLIN fort.

163. GAUTIER (Théophile). Le Capitaine Fracasse, illustré de 60 dessins de Gustave Doré. *Paris, Charpentier*, 1866, gr. in-8, fig., *en livraisons*.

PREMIER TIRAGE. Couvertures de livraisons conservées.

164. — Celle-ci et Celle-là ou la Jeune France passionnée. Avant-propos de Maurice Tourneux. Illustrations de François Courboin. *Paris, A. Rouquette*, 1900, in-8, fig., *broché*, couv.

Edition tirée à 125 exemplaires avec les illustrations en triple état. Epuisé. Rare.

165. — La Chaîne d'or. Illustrations de Georges Rochegrosse. Préface par Marcel Schwob. *Paris, Ferroud*, 1896, in-8, fig., *broché*, couv., dans un étui.

Edition tirée à 200 exemplaires avec deux états des planches, l'un colorié à l'aquarelle dans le texte et l'autre en noir hors texte.

166. — Jean et Jeannette, illustré de vingt-quatre compositions par Ad. Lalauze. Préface par Léo Claretie. *Paris, A. Ferroud*, 1894, in-8, fig., *broché*, couv.

Charmantes illustrations.
Un des 50 exemplaires imprimés sur PAPIER DU JAPON, avec les illustrations en double état, dont les TIRAGES A PART AVEC REMARQUES.

167. — Mademoiselle de Maupin. Double amour, par Théophile Gautier. Réimpression textuelle de l'édition originale. Notice bibliographique par M. Charles de Lovenjoul. *Paris*,

Conquet et Charpentier, 1883, 2 vol. in-8, portr., *brochés*, couv.

PAPIER VÉLIN DE CUVE. On y joint la suite des illustrations de *Toudouze*.

168. GAUTIER (Théophile). Une Nuit de Cléopâtre, illustrée de vingt-et-une compositions par Paul Avril. Préface par Anatole France. *Paris, A. Ferroud*, 1894, in-8, fig., *broché*, couv.

Un des 40 exemplaires imprimés sur PAPIER DU JAPON avec trois états des illustrations dont l'EAU-FORTE PURE.
Prospectus de publication conservé.

169. — Omphale. Histoire rococo. Illustrations de Ad. Lalauze. Préface par A. de Claye. *Paris, Ferroud*, 1896, in-12, fig., *broché*, couv.

Un des 50 exemplaires imprimés sur PAPIER DU JAPON avec deux états des illustrations avec et AVANT LA LETTRE.

170. — Le Petit Chien de la Marquise, préface par Maurice Tourneux. Vingt et un dessins de Louis Morin. *Paris, L. Conquet*, 1893, in-12, fig., *broché*, couv.

Un des 30 exemplaires sur PAPIER VÉLIN blanc avec les illustrations de *L. Morin* coloriées à l'aquarelle. A la fin se trouvent les TIRAGES A PART en noir sur PAPIER DE CHINE de toutes les figures.

171. — Le Roi Candaule. Illustré de 21 compositions par Paul Avril. Préface par Anatole France. *Paris, A. Ferroud*, 1893, in-8, fig., *broché*, couv.

Un des 40 exemplaires sur PAPIER DU JAPON avec trois états des illustrations dont l'EAU-FORTE PURE.

172. GAVARNI. La Correctionnelle, petites causes célèbres, études de mœurs populaires au dix-neuvième siècle, accompagnées de cent dessins par Gavarni. *Paris*, 1840, in-4, fig., cart.

PREMIER TIRAGE.
Couverture collée sur le cartonnage.

173. GEFFROY (Gustave). Les Bateaux de Paris. Illustrations de Eug. Béjot et Ch. Huard, gravures sur bois par J. Beltrand. *Paris, Ch. Bosse*, 1903, in-4, fig., *en feuilles*, dans un emboitage, couv.

Tiré à 184 exemplaires. Orné de 24 compositions : 14 eaux-fortes, dont une en couleurs et 10 gravures sur bois.

174. GENLIS (Madame de). Six Nouvelles morales et religieuses, par Madame la Comtesse de Genlis. *Paris, Louis Janet, s. d.* (1821), in-12, fig., veau bleu, dos orné, fil. et milieux dorés, dent. et ornements à froid sur les plats, tr. dor. (*Rel. du temps.*)

5 figures par *Leroy*, AVANT LA LETTRE. Bel exemplaire dans une jolie reliure romantique.

175. GIRON (Aimé). Le Sabot de Noël. Légende par Aimé Giron. Compositions et gravures par Léopold Flameng, avec une préface par M. Jules Janin. *Paris, Ducrocq, s. d.* 1863), in-8, front. et fig., *broché,* couv.

176. GŒTHE. Le Faust de Gœthe, traduction revue et complète par H. Blaze. Edition illustrée par Tony-Johannot. *Paris,* 1847, gr. in-8, portr. et fig., *broché,* couv.

PREMIER TIRAGE.

177. — Werther par Gœthe. Traduction nouvelle précédée de considérations sur Werther par Pierre Leroux. Accompagnée d'une préface par George Sand. *Paris, Hetzel,* 1845, in-4, fig., cart., *non rogné.*

Figures de *Johannot* tirées sur CHINE. Couvertures collées sur le cartonnage.

178. GOLDSMITH. Le Vicaire de Wakefield, traduit en français avec le texte anglais en regard, par Ch, Nodier. *Paris, Bourgueleret,* 1838, in-8, portr. et fig. de Tony-Johannot et Jacque, mar. grenat à grains longs, fil. à froid, tr. dor. (*Ch. Blaise.*)

PREMIER TIRAGE.

179. — Le Vicaire de Wakefield. Traduction nouvelle et complète par B. H. Gausseron. *Paris, A. Quantin, s. d.* (1885), in-8, fig. en couleurs de Poirson, *broché,* couv.

Un des 100 exemplaires imprimés sur PAPIER DU JAPON.

180. GONCOURT (Ed. et J. de). L'Italie d'hier. Notes de Voyages, 1855-1856. Entremêlées des croquis de Jules de Goncourt jetés sur le carnet de voyage. *Paris, L. Conquet,* 1894, in-8, fig., *broché,* couv.

Un des 75 exemplaires imprimés sur PAPIER IMPÉRIAL DU JAPON contenant la suite des planches hors texte en double état, en noir et en couleurs.

181. GONDAR (Jacques). Chroniques Françoises, publiées par F. Michel, suivies de recherches sur le style par Ch. Nodier. *Paris, L. Janet, s. d.,* pet. in-8, mar. bleu à grains longs, dos orné, ornements à froid, tr. dor. (*Rel. du temps.*)

Joli volume imprimé en lettres gothiques, orné de lettres et de figures par *Colin,* coloriées à l'imitation des anciennes miniatures.

Rare exemplaire imprimé sur PAPIER VERT dans une reliure romantique très bien conservée.

182. GOUDEAU (Emile). PAYSAGES PARISIENS. Heures et Saisons. Illustrations composées et gravées sur bois et à l'eau-forte par Auguste Lepère. *Paris, imprimé (par Lahure) pour Henri Beraldi,* 1892, in-8, fig., *broché,* couv.

Très beau volume. Tiré à 138 exemplaires.

183. — Tableaux de Paris. Paris qui consomme. Dessins de

Pierre Vidal. *Paris, imprimé pour Henri Beraldi*, 1893, in-4, fig., *broché*, couv.

Tiré à 138 exemplaires. Figures gravées par *Gillot* et coloriées à l'aquarelle.

184. GOUIN (Edouard). L'Egypte au XIXe siècle. Histoire militaire et politique de Méhémet-Ali, Ibrahim-Pacha, Soliman-Pacha (Colonel Sèves). Illustrée de gravures peintes à l'aquarelle d'après M. J.-A. Beaucé. *Paris, Boizard*, 1847, in-8, fig. coloriées, mar. rouge, ornements dorés sur les plats, gardes de moire, tr. dor. (*Delaunoy*.)

Premier tirage. Reliure avec l'envoi, doré sur les plats, à S. A. Mohammed-Saïd-Pacha.

185. LA GRANDEVILLE, nouveau tableau de Paris, comique, critique et philosophique, par MM. Paul de Kock, Balzac, Dumas, Soulié, Gozlan, etc. Illustrations de Gavarni, Daumier, Daubigny, H. Monnier, etc. *Paris*, 1842-1843, 2 vol. in-8, fig., *brochés*, couv.

Premier tirage.

186. GRANDVILLE. Catalogue illustré de la collection des Dessins et Croquis originaux exécutés par J. J. Grandville. *Paris*, 1853, in-8, fig., cart. toile, couv.

On y joint : Grandville, par Ch. Blanc. *Paris*. 1855, in-12, portr., cart.

187. — Cent Proverbes par Grandville et par (Forgues, Delord, Fremy et Achard). *Paris*, 1845, in-8, fig., *broché*, couv.

Première édition.

188. — Les Fleurs animées, introductions par Alph. Karr, texte par Taxile Delord. *Paris, G. de Gonet*, 1847, 2 vol. gr. in-8, fig. de Grandville coloriées, *brochés*, couv.

Premier tirage.

189. — Les Fleurs animées, introductions par Alph. Karr, texte par Taxile Delord. *Paris, G. de Gonet*, 1847, 2 parties en un vol. gr. in-8, fig. coloriées, demi-rel. dos et coins de mar. bleu, tête dor., *non rogné*. (*David*.)

Premier tirage.

190. — Les Métamorphoses du Jour. Accompagnées d'un texte par MM. Albéric Second, Louis Lurine, Taxile Delord, etc., précédées d'une notice sur Grandville par M. Charles Blanc. *Paris, Havard*, 1854, in-8, fig., cart. toile, fers spéciaux, ébarbé. (*Cartonnage original*.)

Cette édition contient 70 planches gravées sur bois et coloriées à l'aquarelle.

191. — Un Autre Monde, transformations, visions, incar-

nations, ascensions; locomotions, explorations, pérégrinations et autres choses par Grandville (et Taxile Delord). *Paris, H. Fournier,* 1844, in-8, fig. noires et coloriées, titre rouge, demi-rel. dos et coins de mar. rouge, tête dor., *non rogné.* (*Bertrand.*)

Premier tirage.

192. GRESSET. Œuvres de Gresset. *Paris, Houdaille,* 1839, in-8, portr. et fig. d'après Meissonier et Laville, *broché,* couv.

Premier tirage.

193. GUÉRIN (Léon). Les Marins illustres de la France par Léon Guérin. *Paris, Belin-Leprieur,* 1845, in-8, portr. lithographiés par Victor Adam, *broché,* couv.

194. GUINOT (Eug.). L'Eté à Bade par M. Eugène Guinot. Illustré par MM. Tony Johannot, Eug. Lami, Français et Jacquemot. *Paris, Furne et Bourdin, s. d.* (1847), in-8, portr., carte et fig. en noir et coloriées, cart., *non rogné.*

Premier tirage. Exemplaire contenant les *fumés* de 17 vignettes, sur Chine volant. Prospectus de publication conservé; couvertures collées sur le cartonnage.

195. — L'Eté à Bade. Illustré par MM. Tony Johannot, Eug. Lami, Français et Daubigny. Troisième édition revue et corrigée. *Paris, Bourdin,* (1857), in-8, portr., carte et fig., mar. crême, dos orné, fil. et fleurons d'angles, dent. à froid, armoiries en cuivre doré et ciselé sur le premier plat, gardes en moire, tr. dor. et ciselée, étui. (*Despierres.*)

Riche reliure aux armes du Duc de Bade.

196. GUIZOT. L'Histoire de France depuis les temps les plus reculés jusqu'en 1789, racontée à mes petits-enfants. — L'Histoire de France depuis 1789 jusqu'en 1848, leçons recueillies par Mme de Witt. *Paris, Hachette et Cie*, 1872-1880, 7 vol. gr. in-8, fig., *en livraisons,* couv.

Premier tirage. Figures sur bois par *Neuville, Philippoteaux,* etc. Couvertures générales et couvertures de livraisons conservées.

197. GRYPERL. Phonographie de l'Amour, aggravée d'un commentaire au crayon par Lucien Métivet. *Paris, Ollendorff.* 1895, pet. in-8, fig., *broché,* couv.

Exemplaire sur Papier de Chine, avec le tirage a part.

198. HALÉVY (L.). L'abbé Constantin, illustré par Madame Madeleine Lemaire. *Paris, Boussod, Valadon et Cie*, 1887, in-4, fig., *broché,* couv.

199. — Karikari, aquarelles d'après Henriot. *Paris, L. Conquet,* 1887, in-12, fig., mar. bleu à grains longs jans., *non rogné,* couv. (*Champs.*)

Exemplaire imprimé sur Papier du Japon. Les figures ont été rehaussées à l'aquarelle, par l'artiste.

200. HALÉVY (L.). Mariette. Quarante compositions de Henry Somm. *Paris, L. Conquet*, 1893, in-8, fig., *broché*, couv.

Un des 50 exemplaires imprimés sur PAPIER DE CHINE avec les encadrements tirés en bistre.

201. HAMILTON. Mémoires du Comte de Grammont, par Ant. Hamilton. Préface de H. Gausseron. *Paris, L. Conquet*, 1888, gr. in-8, fig., demi-rel. dos et coins de mar. bleu, dos orné, tête dor., *non rogné*, couv. (*Champs.*)

Belles illustrations de *Delort* gravées par *Boisson*.

202. HARAUCOURT (Edmond). L'Effort. La Madone. L'Antéchrist. L'Immortalité. La Fin du Monde. *Paris, publié pour les Bibliophiles Contemporains*, 1894, in-4, fig., *broché*, couv.

Illustrations en couleurs et en noir dans le texte et hors texte par *Lunois*, *Courboin*, *Schwabe*, *Séon* et *Rudnicki*.

203. HENNIQUE (Léon). La Mort du Duc d'Enghien en trois tableaux. Compositions de Julien Le Blant, eaux-fortes de Louis Müller. *Paris, E. Testard*, 1895, in-8, fig., *broché*, couv.

De la *Collection des Dix*. Un des 40 exemplaires imprimés sur PAPIER VÉLIN avec la triple suite des figures hors texte avec la lettre, AVANT LA LETTRE avec remarques et EAUX-FORTES PURES.

Prospectus illustré ajouté.

204. HISTOIRE des Quatre fils Aymon, très nobles et très vaillans Chevaliers. Illustrée de compositions en couleurs par Eugène Grasset, gravure et impression par Charles Gillot. Introduction et notes par Charles Marcilly. *Paris, H. Launette*, 1883, in-4, *en feuilles*, couv., dans 3 cartons.

Très belle publication. Un des cent exemplaires imprimés sur PAPIER DU JAPON. Rare.

205. — Histoire des quatre fils Aymon. *Paris*, 1883, in-4, *broché*, couv.

206. HOFFMANN. Contes fantastiques, traduction nouvelle, précédés de souvenirs intimes sur la vie de l'auteur, par P. Christian. Illustrés par Gavarni. *Paris, Lavigne*, 1843, in-8, fig., *broché*, couv.

PREMIER TIRAGE.

207. HOMÈRE. Iliade-Odyssée, traduction nouvelle accompagnée de notes, par Eugène Bareste, illustrée par A. Titeux, Lemud, Devilly. *Paris, Lavigne*, 1842-1843, 2 vol. in-8, fig., demi-rel. dos et coins de mar. vert, dos orné, ébarbés, couv.

PREMIER TIRAGE.

208. HOUSSAYE (Arsène). Voyage à ma fenêtre, par Arsène

Houssaye. (*Paris*), *Lecou*, *s. d.* (1851), gr. in-8, front. et fig., *broché*, couv.

Premier tirage. Figures de *Veyrassat, Diaz, Johannot*.

209. HOUSSAYE (Henry). Aspasie, Cléopâtre, Théodora. Illustrations de A. Giraldon. *Paris, imprimé pour les Amis des Livres*, 1899, in-8, front. et vign., *broché*, couv.

Tiré à 120 exemplaires. Illustrations en or et en couleur.
Tirages à part en noir sur Chine de toutes les illustrations.

210. HUART (L.). Muséum parisien. Histoire physiologique, pittoresque, philosophique et grotesque de toutes les bêtes curieuses de Paris et de la banlieue. Texte par M. Louis Huart, 350 vignettes par MM. Grandville, Gavarni, Daumier, etc. *Paris*, *Beauger et Cie*, 1841, in-8, fig., *broché*, couv.

Premier tirage.

211. HUGO (Abel). Histoire de l'Empereur Napoléon, ornée de 31 vignettes par Charlet. *Paris*, 1833, in-8, fig., *broché*.

Premier tirage.
On y joint : Histoire de Napoléon par L. Lurine. 80 dessins de Marckl. *Paris*, 1844, pet. in-8 carré, fig., *broché*, couv. Premier tirage.

212. HUGO (Victor). L'Homme qui rit. Illustrations de D. Vierge. *Paris, librairie Polo, s. d.* (1877), gr. in-8, front. et fig., *en feuilles*, couv.

Premier tirage.

213. — Le Livre des mères. Les Enfants. Vignettes par Froment. *Paris, Hetzel, s. d.* (1862), in-8, fig., *broché*, couv.

Premier tirage.

214. — Notre-Dame de Paris. *Paris, Eugène Renduel*, 1836, in-8, front. et fig., veau fauve, riches comp. à froid sur les plats, tr. dor. (*Rel. du temps.*)

Édition illustrée de 12 figures dont un frontispice par *L. Boulanger*, *Alfred et Tony Johannot*, *Raffet*, etc. Épreuves sur Chine.
Exemplaire recouvert d'une curieuse reliure avec décors à la cathédrale, poussés à froid sur chacun des plats.

215. — Notre-Dame de Paris. Edition illustrée d'après les dessins de E. de Beaumont, Boulanger, Daubigny, Lemud, Meissonier, etc., gravés par les artistes les plus distingués. *Paris, Perrotin*, 1844, gr. in-8, front. et fig., *en feuilles*, couv.

Couverture un peu déchirée.

216. — Couverture de Notre-Dame de Paris. *Paris, Perrotin*, 1844, gr. in-8.

Couverture illustrée. Bon état de conservation.

217. — Notre-Dame de Paris. *Paris, E. Testard et Cie*,

1889, 2 vol. in-4, front., fig. et vign., demi-rel. dos et coins de mar. rouge, dos orné, tête dor., *non rognés. (Durvand).*

Exemplaire imprimé sur PAPIER VERGÉ.
Couvertures conservées.

218. HUGO (Victor). Les Orientales par Victor Hugo (d'après l'édition originale). Illustrées de huit compositions de MM. Gérome et Benjamin Constant gravées à l'eau-forte par M. de Los Rios. *Paris, imprimé pour les Amis des Livres par Georges Chamerot,* 1882, in-4, front. et fig., *broché,* couv.

Édition tirée à 135 exemplaires sur PAPIER DE JAPON avec les illustrations en double état dont l'EAU-FORTE PURE.

219. — Quatre-Vingt-Treize. *Paris, Eug. Hugues, s. d.* (1877), gr. in-8, front. et fig., cart., *non rogné,* couv.

PREMIÈRE ÉDITION ILLUSTRÉE.

220. — Le Roi s'amuse. *Paris, Société de publications périodiques,* 1883, in-4, fig. en noir et en couleurs, *en feuilles,* couv., dans un carton.

Un des 50 exemplaires imprimés sur PAPIER DE JAPON, contenant le TIRAGE A PART des en-têtes sur JAPON.

221. — Les Travailleurs de la Mer. Illustrations de Daniel Vierge. *Paris, Librairie illustrée,* 1876, gr. in-8, fig., *broché,* couv.

PREMIER TIRAGE. PAPIER VÉLIN TEINTÉ.

222. HURTADO de Mendoza. VIE DE LAZARILLE DE TORMÈS. Traduction nouvelle et Préface de A. Morel-Fatio. Nombreuses illustrations et eaux-fortes de Maurice Leloir. *Paris, H. Launette et Cie,* 1886, un vol. en 2 part. in-8, fig., *en feuilles,* couv., dans un emboîtage en mar. La Vallière.

Un des 50 exemplaires imprimés sur PAPIER DE JAPON avec triple suite des EAUX-FORTES et le TIRAGE A PART des vignettes sur JAPON et une jolie aquarelle de *M. Leloir,* exécutée sur le faux-titre. On a ajouté un dessin à la plume du même artiste.

223. HUYSMANS (J.-K.). La Bièvre, les Gobelins, Saint-Séverin. *Paris, Société de Propagation des Livres d'art,* 1901, in-8, fig., *broché,* couv.

Illustrations de *A. Lepère.* Tiré à 695 exemplaires.

224. JAIME. Musée de la Caricature ou Recueil des Caricatures les plus remarquables publiées en France depuis le 14e siècle jusqu'à nos jours, pour servir de complément à toutes les collections de mémoires. Calquées et gravées à l'eau-forte par E. Jaime, avec un texte historique et descriptif par Nodier, Jaime, Janin, Paris, Chasles, etc. *Paris, Delloye,* 1838, 2 vol. in-4, pl., *brochés,* couv.

Cet ouvrage renferme 220 planches, dont un grand nombre sont coloriées;

le deuxième volume est presque entièrement consacré à la Révolution et au premier Empire.

Bel exemplaire avec les titres et les tables. Très rare complet et dans cette condition.

225. JAIME. Musée de la Caricature ou Recueil des Caricatures les plus remarquables publiées en France depuis le 14e siècle jusqu'à nos jours. *Paris, Delloye*, 1838, 2 vol. in-4, pl., demi-rel., *non rognés*. (*Rel. du temps.*)

Collection des 55 premières livraisons contenant ensemble 155 figures noires et coloriées. Couvertures des livraisons conservées.

226. JANIN (Jules). L'Ane mort, par Jules Janin. Edition illustrée par Tony Johannot. *Paris, Bourdin*. 1842, gr. in-8, front. et portr., *broché*, couv.

PREMIER TIRAGE.

227. — L'Eté à Paris. — Un Hiver à Paris. *Paris, L. Curmer*, 1843-1844, 2 vol. in-8, fig. de Lami, *brochés*, couv.

PREMIER TIRAGE pour l'*Été à Paris*.

228. — La Normandie, par M. Jules Janin, illustrée par MM. Morel-Fatio, Tellier, Gigoux, Daubigny, Debon, H. Bellangé, Alfred Johannot. *Paris, Bourdin*, (1844), gr. in-8, fig., *en feuilles*, couv.

Bel exemplaire imprimé sur PAPIER DE CHINE.

229. — Les Petits bonheurs. Illustrations de Gavarni. *Paris*, 1857, in-8, fig., *broché*, couv.

PREMIER TIRAGE.

230. LE JARDIN des Plantes, description complète, historique et pittoresque du Muséum d'histoire naturelle, de la Ménagerie, des Serres, etc. Par MM. P. Bernard, L. Couailhac, Gervais et Emm. Lemaout. *Paris, L. Curmer*, 1842-1843, 2 tomes en 3 vol. in-8, portr. et fig. en noir et en couleurs, *brochés*, couv.

PREMIER TIRAGE. Nombreuses figures par *Gavarni, Jacque, Daubigny*, etc.

231. KEEPSAKES Français. *Paris*, 1824-1842, 12 vol. in-8, portr. et fig., demi-rel., cart. et *brochés*.

Keepsake Français, 1832-1842, 7 vol. dont 2 doubles. — Paris, Illustrations. — Le Livre de Beauté. — L'Eclair, etc.

232. LA BÉDOLLIÈRE. Les Industriels, métiers et professions en France, avec cent dessins, par Henri Monnier. *Paris, Vve Louis Janet*, 1842, in-8, fig., cart., éb.

PREMIER TIRAGE.

233. LABORDE (Cte Alex. de). Versailles ancien et moderne. *Paris*, 1839, gr. in-8, fig., mar. bleu, dos orné, fil., tr. dor. (*Hardy*.)

PREMIER TIRAGE.

234. LA BRUYÈRE. Les Caractères ou les Mœurs de ce siècle. *Paris, Belin-Leprieur*, 1845, gr. in-8, fig., *broché*, couv.

PREMIER TIRAGE.

235. LACHAMBEAUDIE. Fables précédées d'une introduction par Pierre Leroux. Edition illustrée d'après les dessins de Daubigny, Gérard-Séguin, C. Nanteuil, etc. *Paris, J. Bry*, 1855, in-8, portr. et fig., *broché*.

On y joint : Fables de P. Lachambeaudie. *Paris, Bry*, 1855, gr. in-8, fig. sur cuivre et sur bois, *broché*.

236. LACROIX (Frédéric). Les Mystères de la Russie, tableau politique et moral de l'Empire Russe. Ouvrage rédigé d'après les manuscrits d'un diplomate et d'un voyageur, par M. Frédéric Lacroix. *Paris, Pagnerre*, 1845, in-8, portr. et fig., *broché*, couv.

PREMIER TIRAGE.

237. LA FAYETTE (Mme de). La Princesse de Clèves, par Madame de La Fayette. Préface par Anatole France. Un portrait et douze compositions de Jules Garnier, gravés par A. Lamothe. *Paris, L. Conquet*, 1889, in-8, portr. et fig., *broché*, couv.

Un des 150 premiers exemplaires tirés sur PAPIER du JAPON contenant les illustrations en trois états dont l'EAU-FORTE PURE.

238. LAFON (Mary). Les Aventures du Chevalier Jaufre et de la belle Brunissende, traduites par Mary Lafon, illustrées de 20 belles gravures dessinées par G. Doré. *Paris, librairie nouvelle*, 1856, in-8, demi-rel. mar. vert, tête dor., *non rogné*.

PREMIER TIRAGE.

239. — Fierabras, légende nationale, traduite par Mary Lafon et illustrée de douze belles gravures par G. Doré. *Paris, librairie nouvelle*, 1857, gr. in-8, fig., *broché*, couv.

PREMIER TIRAGE.

240. LA FONTAINE. LES AMOURS DE PSYCHÉ ET DE CUPIDON, suivies d'Adonis, poëme, par Jean de La Fontaine. Nouvelle édition ornée de 26 figures de Borel gravées en couleurs par Vigna-Vigneron. Préface de Jules Claretie. *Paris, Th. Belin*, 1899, 2 vol. in-4, fig., cart., *non rognés*.

Cette édition est ornée de 26 estampes gravées d'après les aquarelles de *Borel* exécutées au XVIIIe siècle.
Tiré à 250 exemplaires.

241. — Contes et Nouvelles. Édition illustrée par Tony-Johannot, Roqueplan, Devéria, etc. *Paris, Bourdin, s. d.* (1839), in-8, fig., demi-rel. dos et coins de mar. rouge, tête dor., *non rogné*. (*Thivet.*)

PREMIER TIRAGE.

242. LA FONTAINE. Fables de La Fontaine. Edition illustrée par J. David, accompagnée d'une notice historique et de notes par le Bon Walckenaer. *Paris, Aubrée, s. d.* (1838), 2 vol. in-8, portr., front. et fig., *en feuilles,* couv.

PREMIER TIRAGE.

243. — Fables de La Fontaine. Edition illustrée par J. J. Grandville. *Paris, H. Fournier aîné,* 1838, 2 vol. in-8, front. et fig., demi-rel. dos et coins de veau fauve, dos orné, tête dor., *non rogné.* (*Capé.*)

Exemplaire contenant la suite des 240 figures de *Grandville,* en épreuves du PREMIER TIRAGE.

244. — Fables de La Fontaine. Notices par M. Poujoulat. Cinquante gravures et un portrait à l'eau-forte par V. Foulquier. *Tours, Mame,* 1875, in-8, fig., *broché,* couv.

Un des 300 exemplaires sur PAPIER VERGÉ.

245. — Fables de La Fontaine, avec une préface par M. Théodore de Banville. Compositions inédites de Moreau gravées par Milius. *Paris, Rouquette,* 1883, 2 vol. in-12, portr. et vignettes, *brochés,* couv.

Un des 80 exemplaires imprimés sur PAPIER DU JAPON, contenant une triple suite des illustrations dont l'EAU-FORTE PURE.

246. — Choix de Fables de La Fontaine, illustrées par un groupe des meilleurs artistes de Tokio, sous la direction de P. Barboutau. *Tokio, S. Magata,* 1894, 2 vol. pet. in-4, fig. coloriées, cart.

Un des 150 exemplaires imprimés sur JAPON EXTRA.

247. LAMARTINE. Jocelyn, Episode, par A. de Lamartine. *Paris, Ch. Gosselin,* 1848, in-8, front. et fig., *broché,* couv.

248. LARCHEY (Lorédan). Les Cahiers du Capitaine Coignet (1776-1850), publiés d'après le manuscrit orignal par Lorédan Larchey. Illustrés par J. Le Blant. *Paris, Hachette et Cie,* 1888, in-4, fig., *broché,* couv.

249. — Les Cahiers du Capitaine Coignet (1776-1850). Publiés d'après le manuscrit original par Lorédan Larchey. Avec 84 gravures en couleurs et en noir d'après les dessins de Julien Le Blant. *Paris, Hachette et Cie,* 1896, in-4, fig., *broché,* couv.

Un des 40 exemplaires imprimés sur PAPIER DU JAPON pour la *Librairie Conquet,* contenant une double suite des figures hors texte : en noir et en couleurs.

On y joint le Catalogue de la vente des aquarelles et dessins originaux. Exemplaire sur JAPON avec double suite.

250. LA SALLE. Histoire et Cronicque du Petit Jehan de Saintré et de la jeune dame des Belles Cousines, sans aultre

nom nommer. *Paris, Didot frères*, 1830, in-8, fig., demi-rel. mar. rouge, dos orné, tr. marbrée.

Belle édition imprimée en lettres gothiques, ornée de figures d'*Eug. Lami* qui sont coloriées et rehaussées d'or.

251. LASALLE (A. de). L'Hôtel des Haricots. Maison d'arrêt de la garde nationale de Paris, par A. de Lasalle. 70 dessins par Edmond Morin. *Paris, s. d.* (1864), in-8, *broché*, couv.

PREMIER TIRAGE.

252. LAS CASES. Mémorial de Sainte-Hélène par le Cte de Las Cases, suivi de Napoléon dans l'exil, par MM. O'Meara et Antomarchi, et de l'histoire de la Translation des restes mortels de l'empereur Napoléon aux Invalides. *Paris, Ernest Bourdin*, 1842, 2 vol. gr. in-8, front et fig. de Charlet, demi-rel. dos et coins de mar. noir, tête dor., *non rognés*, couv. (*Bruyère.*)

PREMIER TIRAGE. 26 figures hors texte et dans le texte tirées sur CHINE ajoutées.

253. — Mémorial de Sainte-Hélène par le Cte de Las Cases. *Paris, Ernest Bourdin*, 1842, gr. in-8, front. et fig., cart., tr. dor., ciselée et peinte.

Tome premier imprimé sur PAPIER DE CHINE. Curieuse tranche peinte avec sujets allégoriques.

254. LAURENT DE L'ARDÈCHE (P. M.). Histoire de l'Empereur Napoléon, illustrée par Horace Vernet. *Paris, J. J. Dubochet et Cie*, 1839, gr. in-8, front. et fig., *broché*, couv.

Bel exemplaire du PREMIER TIRAGE.

255. LAVALETTE. Fables de S. Lavalette, illustrées par Grandville, suivies de poésies diverses illustrées par Gérard Séguin. *Paris, J. Hetzel et Paulin*, 1841, in-8, fig., *broché*, couv.

PREMIER TIRAGE.

256. — Fables de S. Lavalette illustrées de nouvelles eaux-fortes par Grandville. Troisième édition, revue et augmentée. *Paris, J. Hetzel*, 1847, in-8, fig., demi-rel. chagrin rouge, tête dor., *non rogné*.

12 planches sont dans cette édition en PREMIER TIRAGE.

257. L'ÉPINE (Ernest). La Légende de Croque-Mitaine, recueillie par Ernest L'Épine et illustrée de 177 vignettes sur bois par Gustave Doré. *Paris, Hachette*, 1863, in-4, fig., *broché*, couv.

PREMIER TIRAGE.

258. LEPRINCE DE BEAUMONT (Mme). Les Contes de Fées par Mme Leprince de Beaumont. Préface de Méry. Illustrations de Gavarni. *Paris, Librairie centrale*, 1865, in-8, front. et fig., *broché*, couv.

PREMIER TIRAGE.

259. LE ROUX (Hugues). Les Jeux du Cirque et la Vie foraine. Illustrations de Jules Garnier. *Paris, Plon, Nourrit et Cie*, *s. d.* (1889), in-4, fig. coloriées, *broché*, couv.

260. LE SAGE. Le Diable boiteux, par Le Sage, illustré par Tony Johannot, précédé d'une notice sur Le Sage par M. Jules Janin. *Paris, E. Bourdin et Cie*, 1840, gr. in-8, fig., *en feuilles*, couv.

PREMIER TIRAGE.

261. — Le Diable boiteux, par Le Sage, illustré par Tony Johannot. *Paris*, 1840, gr. in-8, fig., *broché*.

PREMIER TIRAGE. 6 *fumés* ajoutés.

262. — Histoire de Gil-Blas de Santillane. Vignettes par J. Gigoux. *Paris, Paulin*, 1835, un tome en 2 vol. in-8, fig., demi-rel. dos et coins de cuir de Russie, dos orné, tête dor., *non rognés*. (*Lanne*.)

PREMIER TIRAGE. Reliure du temps de la publication.

263. LETTRES d'Abailard et d'Héloïse, traduction par E. Oddoul. Edition illustrée par J. Gigoux. *Paris, Houdaille*, 1839, 2 vol. gr. in-8, fig., chagrin vert, dos orné, fil., encadrements sur les plats, tr. dor. (*Rel. du temps.*)

Jolie reliure.

264. LIREUX. Assemblée Nationale Comique, illustrée par Cham. *Paris, Michel Lévy frères*, 1850, gr. in-8, fig., *broché*, couv.

PREMIER TIRAGE.

265. LIVRE d'Amour ou folastreries du vieux tems. *Paris, Janet, s. d.*, in-12, cart., tr. dor., étui.

Poésies d'Alain Chartier, Baïf, Marot, Coquillart, François Ier.
Figures en couleurs.

266. LIVRES illustrés du XIXe siècle. 8 vol. in-8, demi-rel. et cart.

H. Monnier, Scènes Populaires, 1830. — Prévost, Manon Lescaut, (1839). — Töpffer, Nouvelles Genevoises, 1845. — A. Dumas, Le Comte de Monte-Cristo, 1846, 2 vol. — J. Janin, Un Hiver à Paris, 1843. — A. Houssaye. Voyage à ma fenêtre, etc.

267. — Livres illustrés du XIXe siècle. 7 vol. in-8, cart.

Saintine, Picciola, 1843. — J. Janin, Un Hiver à Paris et la Bretagne, 1844. — Old Nick, La Chine ouverte, 1845. — Töpffer, Nouveaux Voyages en Zigzag, 1854. — Marmier, Voy. en Allemagne, 1859. — Album de papier blanc (relié par *Simier*).

Tous ces ouvrages sont dans leur cartonnage original illustré.

268. LIVRES illustrés du XIXᵉ siècle. 7 vol. in-8, demi-rel. et cart.

Philipon de la Madelaine, l'Orléanais, 1845. — Bellanger, la Touraine. 1845. — Cuendias et de Féréal, l'Espagne, *s. d.* — Les Rois de France, etc.

269. — Livres illustrés du XIXᵉ siècle. 11 vol. in-8, fig., *brochés.*

Tasse, la Jérusalem délivrée, 1844. — Clavel, Histoire de la Franc-Maçonnerie. 1844. — Mᵐᵉ de Girardin, Contes d'une vieille fille. — Tissot, Voyage au pays des milliards, etc.

270. — Livres illustrés du XIXᵉ siècle. 15 vol. in-12, fig., *brochés.*

Robert Macaire, Physiologie du Bourgeois, du Fumeur. Comic Almanak pour 1843. Les Refrains du Dimanche, Les Noëls des Bourguignons, Chansons d'autrefois, Chants et Chansons de la Bohême, Voyage autour de ma chambre, etc., etc.

271. — Livres illustrés du XIXᵉ siècle. 7 vol. in-8, demi-rel. et cart.

Fables de Desains, 1850. — Chansons de Bérat (1853). — Le Bonheur des Enfants. — La Morale en Actions. — Eude-Dugaillon, Fiel et Miel, 1839, etc.

272. — Livres illustrés du XIXᵉ siècle. 10 vol. et brochures in-8, *brochés*, couv.

L'Églantine, la Fauvette avec vign. anglaises. — Chansons de Bérat, 1861.—Fables par Dervigny, 1853. — Paris grotesque, par Yriarte, 1864.— Deux Pirates, par Farnie. 1860. — Féval, Contes de nos pères, *s. d.*, etc.

273. — Livres illustrés du XIXᵉ siècle. 6 vol. in-8 et in-12, *brochés*, couv.

Chevigné. Contes Rémois, 1861. — Grimaud. Chants du Bocage Vendéen, 1869. — Riffard. Contes et Apologues, 1886. — Hugues le Roux. Les Fleurs à Paris. 1890, etc.

274. — Livres illustrés du XIXᵉ siècle. 8 vol. in-8, fig., *brochés*, couv.

Houssaye. Le Royaume des Roses, 1851. — L. Gozlan. Aventures du Prince Chènevis, 1852. — Berquin. Astronomie pour la Jeunesse, 1852. — Stahl. Aventures de Tom Pouce, 1853. — La Bedollierre. Histoire de la mère Michel, 1853.— Al. Dumas. La Bouillie de la Comtesse Berthe, 1854, (cart. sans couv.), etc.

275. LONGUS. Daphnis et Chloé ou les Pastorales de Longus, traduites du grec par J. Amyot. Nouvelle édition revue, corrigée et complétée. *Paris, Leclère,* 1863, in-8, fig., *en feuilles.*

Papier vergé. On y joint la suite des figures sur Chine et 45 figures diverses.

276. LONGUS. Daphnis et Chloé, compositions de Raphaël Collin, gravées à l'eau-forte par Champollion, préface de Jules Claretie. *Paris, Launette et Cie*, 1890, in-8, fig., *broché*, couv.

277. — Daphnis et Chloé. Traduction P. L. Courier. Compositions dessinées et gravées à l'eau-forte par P. Avril. *Paris, L. Conquet*, 1898, in-18, front. et fig., *broché*, couv.

278. LORENTZ (A.). Fiasque, mêlé d'allégories. Illustre illustration d'illustres illustralisés, illustrée par un illustrissime illustrateur illustrement inillustre. *Paris, Auguste, élève de Lambert*, 1840, 2 vol. in-8, *brochés*, couv.

Curieuses figures.

Manque : le faux-titre du tome 1er, le titre du tome II et le feuillet 69 de la première partie. Les ff. 66, 70,71 et 72 de la première partie sont abimés.

279. — Polichinel ex-roi des Marionnettes devenu philosophe, par Lorentz. *Paris*, 1848, in-8, fig., *broché*, couv.

PREMIER TIRAGE. Envoi d'auteur.

280. — Louis Philippe ex-roi des Marionnettes ou Polichinel devenu philosophe. *Paris, s. d.* (1849), in-8, fig., *broché*, couv.

Même ouvrage que celui qui précède avec un nouveau titre.

281. LOTI (P.). La Chanson des Vieux Époux, par Pierre Loti. Aquarelles d'après Henry Somm. *Paris, L. Carteret et Cie*, *broché*, couv.

PAPIER DU JAPON. Non mis dans le commerce.

282. — Pêcheur d'Islande. Compositions et eaux-fortes de E. Rudaux. Gravures sur bois de J. Huyot. *Paris, Calmann-Lévy*, 1893, gr. in-8, fig., *broché*, couv.

Un des 25 exemplaires sur PAPIER DU JAPON, contenant la suite des figures gravées à l'eau-forte en triple état sur JAPON, la suite des vignettes sur bois tirée à part sur CHINE et la suite des grandes compositions de *Rudaux* gravées par *Gillot*, tirées sur CHINE.

283. LOUVET DE COUVRAY. Les Amours du Chevalier de Faublas, par Louvet de Couvray. Édition illustrée de 300 dessins, par MM. Baron, Français et C. Nanteuil. *Paris*, 1842, 2 vol. in-8, fig., *brochés*, couv.

PREMIER TIRAGE.

284. LOUYS (Pierre). La Femme et le Pantin. Illustrations de P. Roïg, décoration de Riom. *Paris, H. Piazza et Cie*, 1903, in-8 carré, fig. en couleurs, *broché*, couv.

Tiré à 200 exemplaires sur PAPIER VÉLIN.

285. LURINE. Les Couvents. Illustrés par Johannot, Baron, Français et Nanteuil. *Paris*, 1846, in-8, fig., *broché*, couv.

PREMIER TIRAGE.

286. — Les Rues de Paris. Paris ancien et moderne. Origines, histoire, monuments, costumes, mœurs, chroniques et traditions par L. Lurine. *Paris*, 1844, 2 vol. in-8, fig., *brochés*, couv.

PREMIER TIRAGE. Prospectus conservé.

287. — Les Rues de Paris. Paris ancien et moderne. *Paris*, 1844, 2 vol. in-8, fig., demi-rel. chagrin vert, tête jaspée, *non rognés*.

PREMIER TIRAGE.

288. — Le Treizième arrondissement de Paris, par L. Lurine. *Paris*, 1850, in-8, fig., *broché*, couv.

PREMIER TIRAGE.

289. MAC-NAB. Chansons (et Nouvelles Chansons) du Chat-Noir, par Mac-Nab. Musique de C. Baron (et Roland Kohr), illustrations de H. Gerbault, couverture et titre de F. Bac. *Paris, Heugel, s. d.*, 2 vol. in-8, portr. et fig., *brochés*, couv.

290. — Chansons du Chat Noir, par Mac-Nab. Musique par C. Baron, illustrations de H. Gerbault, couverture et titre de F. Bac. *Paris, H. Heugel, s. d.*, in-8, portr. et fig., demi-rel. dos et coins de mar. rouge, dos orné, tête dor., *non rogné*, couv. (*Lanscelin.*)

Exemplaire orné de 12 importants et jolis dessins originaux à la plume ou à l'aquarelle par *A. Andréas*.

291. MAGNIEN (Edouard). Excursions en Espagne ou Chroniques Provinciales de la Péninsule par Edouard Magnien, illustrées par David Roberts. *Paris, R. Lebrasseur*, 1836-1838, 3 vol. in-8, fig., chagrin noir, dos orné, encadrements de 5 fil. sur les plats, tr. dor. (*Rel. du temps.*)

292. MAUPASSANT (G. de). Boule de Suif. Compositions de François Thévenot, gravures sur bois de A. Romagnol. *Paris, Armand Magnier*, 1897, in-4, fig., *broché*, couv.

De la *Collection des Dix*.

Un des 40 exemplaires sur PAPIER VÉLIN DE CUVE, contenant un tirage à part sur CHINE des illustrations du texte et une triple suite des hors texte dont deux sur CHINE.

Epuisé. Rare.

293. — CONTES CHOISIS publiés par les Bibliophiles contemporains. Le Loup — Hautot père et fils — Allouma — Mouche — La Maison Tellier — Un Soir — Le Champ d'oliviers — Mademoiselle Fifi — L'Epave — Une partie de Campagne.

Paris, 1891-1892, 10 fascicules in-8, front. et fig., *brochés*, couv.

Ces fascicules sont illustrés de figures en noir et en couleur par *P. Vidal*, *P. Avril*, *Lunois*, *P. Gervais*, *F. Gueltry*, *Van Muyden*, etc. et d'un frontispice en couleurs gravé par *P. Avril* d'après *F. Rops*.

Cette édition a été tirée à un petit nombre d'exemplaires pour les membres de la Société seulement. Couvertures de livraisons et couverture générale conservées.

294. MAUPASSANT (G. de). Le Lit. Avant-propos de Henri Lavedan. *Evreux*, *Société Normande du Livre illustré*, 1895, in-8, fig., *en feuilles*, couv., dans un carton.

Illustrations de *Jules Ferry* gravées par *Champollion*.

Edition tirée à 76 exemplaires sur PAPIER VÉLIN DU MARAIS, contenant une triple suite des illustrations dont l'EAU-FORTE PURE.

295. — Le Vagabond. Lithographies en couleurs par Steinlen. *Imprimé aux frais de la Société des Amis des Livres*, 1902, in-4, fig., *broché*, couv.

Cet ouvrage est orné de 50 en-têtes lithographiés en couleurs par *Steinlen*. Tiré à 115 exemplaires.

296. MAZUY. Types et caractères anciens d'après des documents peints ou écrits. Dessins par Th. Fragonard et Duféy, texte par M. A. Mazuy. *Paris*, *Delloye*, 1841, pet. in-fol., fig. et pl., demi-rel. chagrin rouge, *non rogné*.

20 planches de costumes lithographiées et coloriées.

297. MENDÈS (Catulle). L'Évangile de l'enfance de N. S. J. C. selon Saint-Pierre. Mise en français par Catulle Mendès d'après le manuscrit de l'Abbaye de Saint Wolfgang. Compositions et encadrements de Carloz Schwabe. *Paris*, *A. Colin et Cie*, *s. d.*, in-4, texte encadré et fig., *broché*, couv.

Un des 50 exemplaires imprimés spécialement pour la *Librairie Bernoux et Cumin*, contenant une triple suite des illustrations dont le TIRAGE A PART, en noir, sur PAPIER DE CHINE.

298. MÉRIMÉE (Prosper). Chronique du Règne de Charles IX. Edition ornée de cent dix compositions par Edouard Toudouze. Préface par Francisque Sarcey. *Paris*, *E. Testard et Cie*, 1889-1890, gr. in-8, fig., *broché*, couv.

299. — L'Enlèvement de la Redoute. Compositions de Maurice Orange, gravées en couleurs par Decisy. *Paris*, *Rouquette*, 1902, in-8, fig., *broché*, couv.

Édition tirée à 125 exemplaires sur PAPIER VÉLIN. Exemplaire numéroté contenant la triple suite des illustrations dont l'état terminé en noir et l'EAU-FORTE PURE.

300. MÉRY. Les Étoiles. Dernière féerie par J.-J. Grandville. Texte par Méry. Astronomie des Dames, par le Comte Fœlix. *Paris et Leipzig*, *s. d.* (1849), 2 part. en un vol. in-8, fig. coloriées, *broché*, couv.

PREMIER TIRAGE.

301. MERY. Les Joyaux [-les Parures]. Fantaisie par Gavarni, texte par Méry. Minéralogie des dames (Histoire de la mode), par le Cte Fœlix. *Paris, G. de Gonet, s. d.* (1850), 2 vol. in-8, fig., *brochés*, couv.

PREMIER TIRAGE avec les figures encadrées de papier découpé.

302. MESSIEURS les Cosaques. Relation charivarique, comique et surtout véridique des hauts faits des Russes en Orient, par MM. Taxile Delord, Clément Carraguel et Louis Huart. 100 vignettes par Cham. *Paris, V. Lecou*, 1855, 2 vol in-18, fig., *brochés*, couv.

PREMIER TIRAGE suivant M. Brivois. Quelques exemplaires du premier volume portent la date de 1854.

303. MILTON. Le Paradis perdu, traduction de Chateaubriand, précédé de réflexions sur la vie et les écrits de Milton par Lamartine et enrichi de vingt-cinq magnifiques estampes originales gravées au burin sur acier. *Paris*, 1855, in-fol, 25 portr. et pl. de Flatters et Lemercier, demi-rel. chagrin rouge.

304. MISTRAL (Frédéric). Mireille, poème provençal, traduction française de l'auteur accompagnée du texte original avec 25 eaux-fortes dessinées et gravées par Eugène Burnand et 47 dessins du même artiste reproduits par le procédé Gillot. *Paris, Hachette et Cie*, 1884, in-4, portr. et fig., *broché*, couv.

305. MOLIÈRE. Œuvres de Molière précédées d'une notice sur sa vie et ses ouvrages par M. Sainte-Beuve. Vignettes par Tony-Johannot. *Paris, Paulin*, 1835-1836, 2 vol. gr. in-8, portr. et fig., *brochés*, couv.

PREMIER TIRAGE. Couvertures collées sur bristol.

306. Théâtre complet de J.B. Poquelin de Molière, publié par D. Jouaust. Préface de M. D. Nisard. Dessins de Louis Leloir gravés à l'eau-forte par Flameng. *Paris, Jouaust*, 1876-1882, 8 vol. in-4, portr. et fig., *brochés*, couv.

Un des 100 exemplaires tirés sur GRAND PAPIER VERGÉ dit papier soleil, avec les jolies figures de *Leloir* en double état, avec AVANT LA LETTRE.

307. LE MONDE Dramatique. Revue des Spectacles anciens et modernes. *Paris, impr. F. Locquin*, 1835-1839, 8 vol. in-8, front. et fig., demi-rel. veau bleu, dos orné, tr. marbrée. (*Rel. du temps.*)

Première série, 7 vol.— Deuxième série, tome 1. Couvertures de livraisons conservées.

308. MONNIER. Scènes populaires dessinées à la plume par Henry Monnier. *Paris, Dentu*, 1864, in-8, fig., *broché*, couv.

309. MONNIER. Scènes populaires dessinées à la plume par Henri Monnier. Nouvelle édition. *Paris, E. Dentu*, 1879, 2 vol. in-8, fig., *brochés*, couv.

PAPIER VERGÉ.

310. MONTORGUEIL (G.). Paris au Hasard. Illustrations composées et gravées sur bois par Auguste Lepère. *Paris, imprimé pour Henri Beraldi*, 1895, in-8, fig., *broché*, couv.

Édition tirée à 138 exemplaires. Jolies illustrations.

311. — La Parisienne peinte par elle-même. Vingt et une pointes sèches tirées hors texte et quarante et une compositions par Henry Somm. *Paris, L. Conquet*, 1897, in-8, fig., *broché*, couv.

Édition tirée à 150 exemplaires sur PAPIER DE HOLLANDE.

312. — La Vie des Boulevards. Madeleine-Bastille. Texte par G. Montorgueil. 200 dessins en couleurs par Pierre Vidal. *Paris, Librairies-Imprimeries réunies*, 1896, in-8, fig., *broché*, couv.

L'un des 100 exemplaires imprimés sur PAPIER DE JAPON pour la librairie *L. Conquet*, avec la couverture en 3 états.

313. MOREAU (Hégésippe). Le Myosotis. Petits contes et petits vers. Nouvelle édition illustrée de cent trente-quatre compositions de Robaudi, gravées sur bois par Clément Bellenger. Préface par André Theuriet. *Paris, L. Conquet*, 1893, in-8, fig., *broché*, couv.

Un des 150 exemplaires imprimés sur PAPIER DE CHINE.

314. — Petits Contes en prose. Le Gui de chêne. — La Souris blanche. — Les petits souliers. — Thérèse Sureau. Illustrés d'un portrait et de douze compositions par Félix Oudart. *Paris, Rouquette*, 1892, in-8, portr. et fig., *broché*, couv.

Un des 25 exemplaires imprimés sur PAPIER DU JAPON contenant la suite des illustrations en triple état dont l'EAU-FORTE PURE.

315. MORIN (Edmond). Les Bons Parisiens, croqués par Edmond Morin. *Paris, Aubert et Cie*, *s. d.*, in-4, fig., cart. (*Cartonnage original.*)

Suite d'un titre en noir et de 20 lithographies coloriées.

316. MORIN (Louis). Histoires d'autrefois. Le Cabaret du Puits-sans-Vin. 95 dessins de l'auteur. — Jeannik. 87 dessins de l'auteur. Les Amours de Gilles. 178 dessins de l'auteur. *Paris*, 1885-1890, 3 vol. in-8, front. et fig. en noir et coloriées, cart. en veau vert jans., tête dor., *ébarbés*, couv. (*Noulhac.*)

Envois d'auteur.

317. MULLER (Eugène). La Mionette. 28 compositions de O. Cortazzo, gravées à l'eau-forte par Abot et Clapès. *Paris, L. Conquet*, 1885, pet. in-8, fig., *broché*, couv.

Un des 75 exemplaires imprimés sur GRAND PAPIER DU JAPON.

318. — Récits enfantins par Eug. Müller. Eaux-fortes par Flameng. *Paris, Hetzel, s. d.* (1861), in-8, *broché*, couv.

PREMIER TIRAGE.

319. MUSÆUS. Contes populaires de l'Allemagne traduits par A. Cerfberr. de Médelsheim, édition illustrée de 300 vignettes allemandes. *Paris*, 1846, 2 vol. in-8 carré, *brochés*, couv.

PREMIER TIRAGE. Prospectus conservé.

320. MUSÉE comique. Toutes sortes de choses en images. *Paris, Aubert et Cie*, *s. d.* (1840), in-4, fig., *broché*, couv.

Suite de la *Revue comique* ornée de figures par *Bertall, G. Doré, Morin*, etc. Rare.

321. MUSÉE de la Révolution. Histoire chronologique de la Révolution française. Collection de sujets dessinés par Raffet et gravés sur acier par Frilley. *Paris, Perrotin*, 1834, in-8, fig., *en feuilles*, couv.

Bel exemplaire de ce volume orné de 45 planches gravées d'après les dessins de *Raffet*, épreuves sur PAPIER DE CHINE, et de vignettes gravées sur bois par *Lacoste*. Rare.

322. LE MUSÉE pour rire, dessins de tous les caricaturistes de Paris ; texte par MM. Maurice Alhoy, Louis Huart et Ch. Philipon. *Paris, Aubert*, 1839-1840, 3 vol. in-4, fig., demi-rel. mar. vert, dos orné, tr. dor.

PREMIER TIRAGE. 150 lithographies par *Gavarni, Daumier, Adam, Vernier, Pigal, Bouchot*, etc. Très rare exemplaire avec les figures coloriées. Reliure originale.

323. — Le Musée pour rire, dessins par tous les caricaturistes de Paris ; texte par MM. Maurice Alhoy, Louis Huart et Ch. Philipon. *Paris, Aubert*, 1840, 3 vol. in-4, fig., *brochés*, couv.

150 lithographies par *Gavarni, Daumier, Adam, Vernier, Pigal, Bouchot*, etc.

324. MUSSET (Alfred de). Lorenzaccio, drame. Décoration d'Albert Maignan. *Paris, pour la Société des Amis des Livres*, 1895, in-8, fig., cart. en étoffe, *non rogné*.

Édition tirée à 115 exemplaires sur PAPIER DE CHINE. Très belles illustrations en couleurs, gravées par *Ducourtioux* et *Huillard* d'après les aquarelles originales d'*Albert Maignan*.

325. — La Mouche, illustrée de trente compositions par

Ad. Lalauze. Préface par Philippe Gille. *Paris, A. Ferroud*, 1892, in-8, portr. et fig., *broché*, couv.

Un des 60 exemplaires imprimés sur PAPIER DU JAPON avec une double suite des illustrations : avec et AVANT LA LETTRE.

326. MUSSET (Alfred de). Œuvres complètes d'Alfred de Musset, avec lettres inédites, variantes, notes, index, notice biographique par son frère. *Paris, Charpentier*, 1866, 10 vol. in-8, portr. et fig., demi-rel. dos et coins de mar. bleu, dos orné en mosaïque, tête dor., éb. (*Parisot*.)

Édition des *Amis du poète*.
Exemplaire tiré sur GRAND PAPIER DE HOLLANDE, avec les figures de *Bida*, AVANT LA LETTRE SUR CHINE.

327. MUSSET (Paul de). Le Dernier Abbé, illustré de dix-neuf compositions par Anatole France. *Paris, Ferroud*, 1891, in-8, fig., *broché*, couv.

Un des 63 exemplaires imprimés sur PAPIER DU JAPON avec 2 états des figures dont un avec remarques.

328. — Voyage pittoresque en Italie, partie septentrionale, par Paul de Musset. Illustrations de MM. Rouargue frères. *Paris, Belin-Leprieur et Morizot*, 1855, gr. in-8, fig., *broché*, couv.

PREMIER TIRAGE.

329. NODIER (Charles). Le Bibliomane. Vingt-quatre compositions de Maurice Leloir, gravées sur bois par F. Noël. Préface de R. Vallery-Radot. *Paris, L. Conquet*, 1894, in-12, fig., *broché*, couv.

Un des 70 premiers exemplaires sur PAPIER DE CHINE avec deux états des illustrations dont le TIRAGE A PART. Prospectus conservé.

330. — Le Dernier Chapitre de mon roman. Préface de Maurice Tourneux. Nouvelle édition illustrée de trente-trois compositions de Louis Morin. *Paris, Conquet*, 1895, in-8, *en feuilles*, dans un carton.

Édition tirée à 200 exemplaires. Charmantes illustrations coloriées.

331. — Histoire du Roi de Bohême et de ses sept châteaux. *Paris, Delangle frères*, 1830, in-8, fig., *broché*, couv.

C'est de ce livre que date la rénovation de la gravure sur bois.

332. — Inès de las Sierras. Compositions dessinées et gravées à l'eau-forte en couleurs par Paul Avril. Préface de A. de Claye. *Paris, A. Ferroud*, 1897, gr, in-8, fig., *broché*, couv.

Édition imprimée à 200 exemplaires. Tirages successifs des planches à la fin du volume.
On y joint 16 épreuves d'artiste, en divers états.

333. — Journal de l'Expédition des Portes de Fer, rédigé

par Charles Nodier, de l'Académie française. *Paris, Imprimerie royale*, 1844, gr. in-8, fig., cart., *non rogné.*

Superbe ouvrage illustré de figures hors texte, et de nombreuses vignettes dans le texte d'après *Raffet, Decamps, Dauzats*, gravées par *Lavoignat.* Portrait de Nodier par *Riffaut* ajouté.

334. NODIER (Charles). La Légende de Sœur Béatrix. Illustrations en couleurs de Henri Caruchet. *Paris, A. Rouquette*, 1903, in-8, fig., *broché*, couv.

Un des 150 exemplaires imprimés sur PAPIER DU JAPON contenant le TIRAGE A PART des illustrations en noir.

335. — La Seine et ses bords par Ch. Nodier. Vignettes par Marville et Foussereau. Publiés par M. A. Mure de Pelanne. *Paris*, 1836, in-8, fig., *broché*, couv.

PREMIER TIRAGE.

336. — Trilby ou le Lutin d'Argail. Nouvelle écossoise par Charles Nodier. *Lyon, Société des Amis des livres*, 1887, in-8, portr. et fig., *broché*, couv., dans un carton.

Édition tirée à 45 exemplaires, ornée de figures dessinées et gravées par *P. Avril.*

337. NOGARET (F.). L'Aristenète Français, par F. Nogaret. Edition illustrée de cinquante compositions de Durand gravées à l'eau-forte par E. Champollion. *Paris, L. Conquet*, 1897, 2 vol. in-16, fig., *brochés*, couv.

Un des 135 exemplaires imprimés sur PAPIER VÉLIN DU MARAIS avec deux états des illustrations dont le TIRAGE HORS TEXTE.

338. — Le Fond du Sac ou recueil de Contes en vers et en prose et de Pièces fugitives. *Paris, Leclère*, 1866, in-8, portr. et fig., mar. bleu, dos orné, fil., large dent., tr. dor. (*Chambolle-Duru.*)

Bel exemplaire dans une riche reliure contenant les vignettes en triple état, en sanguine sur PAPIER DE CHINE et à l'EAU-FORTE.
Belle aquarelle de *Paul Avril* ajoutée.

339. NORIAC (Jules Cairon). Le 101e Régiment, illustré par Dumaresq, Janet, Morin, etc. *Paris, A. Bourdillat et Cie*, 1860, in-8, fig., *broché*, couv.

PREMIER TIRAGE.

340. NORVINS. Histoire de Napoléon par M. de Norvins. Vignettes par Raffet. *Paris, Furne*, 1839, in-8, front. et fig., demi-rel. mar. violet, dos orné, *non rogné.* (*Rel. du temps.*)

PREMIER TIRAGE.

341. LE NOUVEAU Magasin des Enfants. *Paris, Hetzel et Blanchard*, 1845-1854, 6 vol. in-8 carré, fig., *brochés*, couv.

Histoire d'un Casse-Noisette, par A. Dumas. Illustré par Bertall, 2 vol. —

Le Prince Coqueluche, par Ed. Ourliac. Vignettes par Delmas. — *Mr le Vent et Mme la Pluie*, par P. de Musset. — *Le Royaume des Roses*, par A. Houssaye. — *Histoire d'un Pion*, par Alph. Karr. Vignettes par G. Séguin.

Exemplaires de PREMIER TIRAGE. Manque les couvertures du *Prince Coqueluche* et de *Mr le Vent*.

342. NUS et MÉRAY. L'Empire des Légumes, mémoires de Cucurbitus Ier, recueillis et mis en ordre par MM. Eugène Nus et Antony Méray. Dessins par Amédée Varin. *Paris, G. de Gonet, s. d.* (1850), gr. in-8, fig. coloriées, *broché*, couv.

PREMIER TIRAGE.

On y joint la suite complète des 24 figures sur acier, épreuves en noir sur CHINE, AVANT LA LETTRE, très jolie collection provenant du dessinateur VARIN.

343. — Les Nouveaux Jeux Floraux. Principes d'analogie des fleurs. Illustrations par Ch. Geoffroy. *Paris, G. de Gonet, s. d.*, pet. in-8, fig., *broché*, couv.

PREMIER TIRAGE.

344. — Les Papillons. Métamorphoses terrestres des Peuples de l'air par Amédée Varin. Texte par Eug. Nus et Antony Méray. *Paris, Gabriel de Gonet, s. d.* (1854), 2 vol. in-8, portr. et fig. coloriées, *brochés*, couv.

PREMIER TIRAGE.

On y joint la suite complète des 16 figures sur acier, épreuves AVANT LA LETTRE, sur CHINE et 3 eaux-fortes. Ces épreuves d'artiste proviennent du dessinateur VARIN.

345. OHNET (Georges). L'Ame de pierre. Illustrations de E. Bayard. *Paris, Ollendorff.* 1890, in-18, fig., *broché*, couv.

ÉDITION ORIGINALE. Un des 100 exemplaires imprimés sur PAPIER WHATMAN.

346. OLD NICK (Em. Forgues). La Chine ouverte. Aventures d'un Fan-Kouei dans le pays de Tsin ; ouvrage illustré par Borget. *Paris, Fournier*, 1845, in-8, fig., *broché*, couv.

PREMIER TIRAGE.

347. PACINI (Eugène). La Marine, arsenaux, navires, équipages, navigations, etc. Illustrations de M. Morel-Fatio (et de Beaucé, Isabey et Pauquet). *Paris, Curmer*, 1844, in-8, front. et fig., cart., *non rogné*.

PREMIER TIRAGE. Couverture collée sur le cartonnage.

348. PARIS Comique, revue amusante des caractères, mœurs, modes, folies, ridicules, excentricités, etc. Texte non politique par MM. L. Huart, Michelant, Ch. Philipon. Dessins comiques par MM. Bouchot, Cham, Daumier, Gavarni, Grandville. *Paris, s. d.* (*vers* 1840), in-4, cart. original illustré.

20 planches lithographiées et coloriées.

349. PARIS qui crie. Petits métiers. Notice par A. Arnal, H. S. Ashbee, J. Claretie, A. Giraudeau, E. Paillet, E. Rodrigues, etc. Préface par H. Beraldi. Dessins de Pierre Vidal. *Paris, imprimé pour les Amis des Livres*, 1890, in-8 carré, fig., *broché*, couv.

Tiré à 120 exemplaires. Curieuses illustrations coloriées.

350. PELLICO (Silvio). Mes Prisons, suivi des Devoirs des Hommes par Silvio Pellico ; traduction nouvelle, par le comte H. de Messey. Edition illustrée d'après les dessins de MM. Gérard Séguin, Daubigny, Steinheil, etc. *Paris, Delloye*, 1844, in-8, front., portr. et fig., cart. toile, fers spéciaux, tr. dor.

Premier tirage. Cartonnage de l'éditeur.
On y joint : Mes Prisons. Édition illustrée par Tony Johannot. *Paris, Charpentier*, 1843, in-8, front. et fig., cart., éb.
Premier tirage. Couverture collée sur le cartonnage.

351. PERRAULT (Ch.). Contes du temps passé par Ch. Perrault, précédés d'une notice littéraire sur Ch. Perrault, par de La Bédollierre. Illustrés par Pauquet, Marvy, Jeanron, Jacque et Beaucé. Texte gravé par M. Blanchard. *Paris, Curmer*, 1843, in-8, fig., *broché*, couv.

Jolie édition entièrement gravée, ornée de figures à chaque page.
Premier tirage. Couverture imprimée en violet sur papier blanc conservée.

352. — Les Contes des Fées en prose et en vers. Deuxième édition, revue et corrigée sur les éditions originales et précédée d'une lettre critique par Ch. Giraud. *Lyon, impr. Louis Perrin* (*Paris, libr. Leclère*). 1865, in-8, portr. et fig., *en feuilles* dans un carton.

Un des 30 exemplaires imprimés sur papier de Chine avec les illustrations en épreuves avant la lettre en triple et quadruple état. Plusieurs figures ajoutées.

353. PÉTIS de La Croix. Les Mille et un Jours, contes persans, turcs et chinois, traduits par Petit de La Croix, Cardonne, Caylus, etc. Augmentés de nouveaux contes traduits de l'arabe par M. Sainte-Croix Ajpot. Edition illustrée. *Paris, Pourrat frères, s. d.* (1844), gr. in-8, fig. par Collignon, *broché*, couv.

Premier tirage.

354. PHILIPON. Musée ou Magasin comique de Philipon, contenant près de 800 dessins par MM. Cham, Daumier, Dollet, Eustache, Forest, Gavarni, Grandville, Eugène Lami : Textes par MM. Bourget, P. Borel, Cham, L. Huart, Lorentz, Marco St-Hilaire et Ch. Philipon. *Paris, chez Aubert et Cie, s. d.* (1844-1845), 2 vol. in-4, fig., cart.

Cartonnage original, avec couverture illustrée.

355. PHILIPON et HUART. Parodie du Juif errant, complainte constitutionnelle en dix parties. 300 vignettes par Cham. *Paris, Aubert, s. d.* (1844), in-12, fig., *broché*, couv.

PREMIER TIRAGE.

356. PIEDAGNEL (Alexandre). Hier. *Paris, Motteroz*, 1882, in-8, fig. de Paul Avril, *broché*, couv.

357. PITRE-CHEVALIER. La Bretagne ancienne et moderne. — Bretagne et Vendée. Histoire de la Révolution française dans l'Ouest par Pitre-Chevalier. Illustrées par MM. A. Leleux, O. Penguilly et Tony Johannot. *Paris, W. Coquebert, s. d.* (1844-1845), 2 vol. gr. in-8, fig., *brochés*, couv.

PREMIER TIRAGE.

358. LA PLÉIADE. Ballades, Fabliaux, Nouvelles et Légendes. Homère, Veda-Vyasa, Marie de France, Burger, Hoffmann, Ludwig Tieck, Ch. Dickens, Gavarni, H. Blaze. *Paris, Curmer*, 1842, in-8, front. et fig. de Daubigny, Jacque, Trimolet, etc., demi-rel. veau rouge, dos orné, tr. peigne.

PREMIER TIRAGE.

359. POË ((Edgar). Quinze Histoires d'Edgar Poë (traduites par Ch. Baudelaire). Illustrations de Louis Legrand. *Paris, Imprimé pour les Amis des Livres par Chamerot et Renouard*, 1897, gr. in-8, fig., *broché*, couv.

Tiré à 115 exemplaires. Figures en double état.

360. POITOU (Eug.). Voyage en Espagne par M. Eugène Poitou. Illustration par V. Foulquier. *Tours, Alfred Mame et fils*, 1869, in-8, fig., *broché*, couv.

PREMIER TIRAGE.

361. POLICHINELLE, drame en trois actes, publié par Olivier et Tanneguy de Penhoët (Olivier Mainguet), et illustré par Georges Cruishanck. *Paris*, 1836, in-12, fig., cart.

Figures dessinées par *Cruikshank* et gravées par *Porret*. Couverture collée sur le cartonnage.

362. PREVOST. Histoire de Manon Lescaut et du chevalier des Grieux, par l'abbé Prévost. Edition illustrée par Tony Johannot, précédée d'une notice par Jules Janin. *Paris, Bourdin et Cie, s. d.* (1839), gr. in-8, fig., *broché*, couv.

PREMIER TIRAGE.

363. PRIVAT d'Anglemont. Paris Anecdote. Avec une préface et des notes par Charles Monselet. — Paris inconnu avec une étude sur la vie de l'auteur par Alfred Delvau. *Paris,*

P. Rouquette, 1885-1886, 2 vol. in-8, portr. et fig. de Belon et Coindre, *brochés*, couv.

Tirage à 50 exemplaires sur PAPIER DU JAPON.

364. PROUST (Marcel). Les Plaisirs et les Jours. Illustrations de Madeleine Lemaire. Préface d'Anatole France et quatre pièces pour piano de Reynaldo Hahn. *Paris, Calmann Lévy*, 1896, in-8, fig., *broché*, couv.

Un des 20 exemplaires imprimés sur PAPIER DU JAPON, avec aquarelle originale de *Madeleine Lemaire* sur le faux-titre.

365. QUATRELLES (Ernest Lépine). Le Chevalier Beau-Temps. Préface d'Alexandre Dumas fils. Vignettes de Gustave Doré. *Paris, typ. Pougin*, 1870, pet. in-8, fig., *broché*, couv.

PREMIER TIRAGE.

366. — A Coups de Fusil. Ouvrage illustré de trente dessins originaux hors texte par A. de Neuville. *Paris, Charpentier*, 1877, in-4, *broché*, couv.

PREMIÈRE ÉDITION illustrée. On a ajouté les deux figures nouvelles faites pour la seconde édition.

367. QUEVEDO (Don). Histoire de Don Pablo de Ségovie, surnommé l'Aventurier Buscon. Par Don Francisco de Quevedo-Villegas. Traduite de l'espagnol et annotée par A. Germond de Lavigne. Précédée d'une lettre de M. Charles Nodier. *Paris, Ch. Warée*, 1843, in-8, fig. de Emy, *broché*, couv.

PREMIER TIRAGE.

368. RABELAIS. Œuvres de François Rabelais contenant la vie de Gargantua et celle de Pantagruel, précédées d'une notice historique sur la vie et les ouvrages de Rabelais, par P. L. Jacob. Illustrations par G. Doré. *Paris, J. Bry aîné*, 1854, gr. in-8, fig., *broché*, couv.

PREMIER TIRAGE.

369. REMUSAT (P. de). Un Cas de jalousie. Edition originale illustrée de dix-neuf lithographies par A. Lunois. *Paris, L. Conquet*, 1896, in-8, fig., *broché*, couv.

Un des 60 exemplaires imprimés sur PAPIER DU JAPON IMPÉRIAL, contenant le tirage à part des illustrations sur PAPIER DU JAPON TEINTÉ.

370. LA REVUE comique à l'usage des gens sérieux. Histoire morale, philosophique, politique, critique, littéraire et artistique de la semaine. Dessins par MM. Bertall, Nadar, Laurentz, Quillenbois. *Paris*, 1848-1849, 2 vol. gr. in-8, fig., *en livraisons*.

Couverture générale et couvertures de livraisons conservées. Spécimen ajouté.

371. REYBAUD (L.). Jérôme Paturot à la recherche d'une positon sociale, par L. Reybaud. Edition illustrée par J. J. Grandville. — Jérôme Paturot à la recherche de la meilleure des Républiques. Edition illustrée par Tony-Johannot. *Paris*, 1846-1849, 2 vol. gr. in-8, fig., *brochés*, couv.

Premier tirage.

372. RICHEPIN (Jean). Les Débuts de César Borgia. *Paris, publié pour la Société des Bibliophiles contemporains*, 1890, in-8, fig., *broché*, couv.

Cette édition, tirée à 186 exemplaires, est illustrée de gravures à l'eau-forte par *P. Avril, P. Courboin, Fornet* et *Manesse*, d'après les compositions de *G. Rochegrosse*.

Double état des illustrations, coloriées dans le texte et en noir hors texte.

373. ROBIDA. Le Vingtième Siècle. Texte et dessins par A. Robida. *Paris, G. Decaux*, 1883, in-8, fig., *broché*, couv.

Un des 50 exemplaires imprimés sur papier du Japon avec une double suite des figures hors texte tirées sur Japon mince.

374. — Voyage de Fiançailles au XXe siècle. Texte et dessins par A. Robida. *Paris, L. Conquet*, 1892, pet. in-8, fig., cart. en vélin blanc, *non rogné*, étui. (*Carayon*.).

Exemplaire imprimé sur papier du Japon, contenant la suite des illustrations en tirage à part sur papier de Chine. Il est orné sur le faux-titre d'une aquarelle de *Robida*.

Le dos et les plats de la reliure en vélin blanc sont également ornés d'aquarelles de *Robida*. Couverture conservée.

375. — Le Voyage de M. Dumollet. Texte et dessins par A. Robida. *Paris, Georges Decaux, s. d.*, in-8, fig. en noir et coloriées, *broché*, couv., emboitage.

Exemplaire imprimé sur papier du Japon.

376. ROGER (P.). La Noblesse de France aux Croisades, publié par F. Roger. *Paris et Bruxelles*, 1845, in-8, front. et fig. de Catenacci, Célestin Nanteuil, Marckl, etc., *broché*, couv.

377. ROUSSEAU (J.-J.). Les Confessions. Nouvelle édition illustrée de quatre-vingt-seize compositions par Maurice Leloir gravées à l'eau-forte par les premiers artistes. Préface de Jules Claretie. *Paris, Launette et Cie*, 1889, 2 vol. in-4, fig., *brochés*, couv.

378. — Julie ou la Nouvelle Héloïse, par J. J. Rousseau. Vignettes par MM. Tony Johannot, E. Wattier, M. Lepoitevin, H. Baron, etc., gravées par M. Brugnot. *Paris, Barbier*, 1845, 2 vol. in-8, fig., *brochés*, couv.

Premier tirage. Prospectus conservé.

379. ROUSSEL (Auguste). Les Miettes d'Esope. Fables par Auguste Roussel. Dessins de Gavarni. *Paris, Furne, Jouvet et Cie*, 1866, in-8, fig., *broché*, couv.

PREMIER TIRAGE.

380. SAINT-HILAIRE (Marco de). Histoire populaire, anecdotique et pittoresque de Napoléon et de la Grande Armée par Emile Marco de Saint-Hilaire. Illustrée par Jules David. *Paris, Boizard*, 1846, in-8, fig., *broché*, couv.

381. — Histoire anecdotique, politique et militaire de la Garde Impériale par Emile Marco de Saint-Hilaire. Illustrée par H. Bellangé, E. Lamy, de Moraine, Ch. Vernier. *Paris, Penaud et Cie*, 1847, in-8, front. et fig., *broché*, couv.

PREMIER TIRAGE. 30 planches en double coloriées.

382. SAINT-PIERRE (Bernardin de). Paul et Virginie (et la Chaumière indienne), par J. H. B. de Saint-Pierre. *Paris, Curmer, rue Sainte-Anne*, 1838, in-8, fig., *broché*, couv.

PREMIER TIRAGE.

Exemplaire, de première émission, sans les figures, dans une couverture bleue, au nom de *Curmer*, datée 1839.

On y joint : 1° La suite complète des 7 portraits en épreuves d'artiste, tirées à grandes marges sur CHINE : Portrait de Saint-Pierre, avant toutes lettres et la sphère; *Marguerite* avec les noms d'artiste à la pointe; le *Docteur* avant le filet d'encadrement; *la Bramine*, avec l'étoile au front (épreuve sur CHINE volant). Ces portraits sont sans legende.

2° La suite complète des bois hors texte, tirés sur CHINE.

3° 4 portraits divers, dont ceux de *Curmer* et de la *bonne femme*, tirage du bois mutilé.

383. — Paul et Virginie (et la Chaumière indienne), par J. H. B. de Saint-Pierre. *Paris, Curmer, rue Sainte-Anne*, 1838, in-8, portr. et fig., demi-rel. dos et coins de mar. bleu, dos orné, tête dor. (*Raparlier*.)

Exemplaire de première émission, avec le portrait de la *bonne femme* (Mme Curmer).

384. SAINTINE. Le Chemin des Écoliers, promenade de Paris à Marly-le-Roy en suivant les bords du Rhin, par Saintine, avec 450 vignettes de G. Doré, Foster, etc., *Paris, Hachette*, 1861, in-8, fig., *broché*, couv.

PREMIER TIRAGE.

385. — La Mère Gigogne et ses trois filles. Causeries et contes d'un bon papa sur l'histoire naturelle et sur les objets les plus usuels. Ouvrage illustré de 171 vignettes, par Foulquier, Faguet, etc. *Paris, Hachette et Cie*, 1864, in-8, fig., *broché*, couv.

PREMIER TIRAGE.

386. — La Mythologie du Rhin, et les contes de la Mère-

Grand par X. B. Saintine. Illustrés par Gustave Doré. *Paris, Hachette et Cie*, 1862, gr. in-8, fig., *broché*, couv.

Premier tirage.

387. SAND (G.). Les Beaux Messieurs de Bois-Doré. Illustrations d'Adrien Moreau gravées sur bois par Brauer, Froment, Hamel, Méaulle, Rousseau et Thomas. *Paris, E. Testard*, 1892, 2 vol. gr. in-8, fig., *brochés*, couv.

388. — La Marquise, par George Sand. *Paris, Calmann Lévy*, 1888, in-18, *broché*, couv.

Un des 25 exemplaires imprimés sur Papier du Japon orné sur le faux titre, en en-têtes, en culs-de-lampe et dans les marges d 16 dessins originaux à l'aquarelle par *H. de Sta.*

389. SAND (Maurice). Masques et Bouffons. (Comédie italienne). Texte et dessins par Maurice Sand, gravures par A. Manceau. Préface par G. Sand. *Paris*, 1862, 2 vol. gr. in-8, fig. coloriées, *brochés*, couv.

390. SAUVAN. Diorama Anglais, ou Promenades pittoresques à Londres, renfermant les notes les plus exactes sur les caractères, les mœurs et usages de la nation anglaise, prises dans les différentes classes de la société par M. S. (J.-B.-B. Sauvan). *Paris, Jules Didot*, 1823, in-8, fig. coloriées, *broché*, couv.

Figures humoristiques coloriées d'après *Cruikshank*.

391. SAVIGNY (A. de). Historiettes et images. Texte par M. A. de Savigny ; illustrés par plus de 700 dessins gravés d'après MM. Grandville, Daumier, Johannot, E. Forest, Watier et autres. *Paris, Aubert et Cie*, *s. d.* (1840), in-4, cart.

Premier tirage. Cartonnage original.

392. SCÈNES de la Vie privée et publique des Animaux. Vignettes par Grandville. Etude de mœurs contemporaines publiées sous la direction de M. P. J. Stahl, avec la collaboration de MM. de Balzac, L. Baude, E. de La Bédollière, A. de Musset, etc. *Paris, Hetzel et Paulin*, 1842, 2 vol. gr. in-8, front. et fig., demi-rel. chagrin violet, dos orné, tête dor., *non rognés*. (*Rel. du temps.*)

Premier tirage.

393. SCÈNES du Théâtre Japonais. L'Ecole de Village (Terakoya). Drame historique en un acte. Traduction du Dr Karl Florenz. *Tokyo, T. Hasegawa*, 1900, pet. in-4, fig. coloriées de Yoshimune Arai, cart.

394. SCHMIT. Les Deux Miroirs. Contes pour tous, par J. P. Schmit. *Paris, Royer*, 1844, in-8, fig., *broché*, couv.

Premier tirage. Figures de *Gavarni, Nanteuil*, etc.

395. SCIAMA. Paris en Sonnets, par André Sciama (A. Semiane). Illustré de vingt-neuf compositions par Henriot. *Paris, L. Conquet*, 1897, in-8, fig., *broché*, couv.

Tirage à 300 exemplaires sur PAPIER VÉLIN non mis dans le commerce. Figures coloriées.

396. SCOTT (Walter). Quentin Durward. Traduction de Louis Vivien. Vignettes de Th. Fragonard gravées par H. Porret. *Paris, Pourrat et Cie, s. d.* (1839), in-8, portr. et fig., demi-rel. veau bleu, *non rogné*. (*Rel. du temps.*)

PREMIER TIRAGE.

397. — Walter Scott illustré. *Paris, Firmin Didot et Cie*, 1880-1889, 17 vol. in-8, fig., *brochés*, couv.

On y joint : Fenimore Cooper illustré. *Paris, F. Didot et Cie*, 1884-1886, 4 vol. in-8, fig., *brochés*, couv.

398. SECOND (Albéric). Les Petits Mystères de l'Opéra. Illustrations par Gavarni. *Paris, Kugelmann*, 1844, in-8, fig., *broché*, couv.

PREMIER TIRAGE. Envoi d'auteur.

399. LA SILHOUETTE, JOURNAL DES CARICATURES, BEAUX-ARTS, DESSINS, MŒURS, THÉÂTRE, etc. *Paris*, 1830, 4 part. en un vol. in-4, pl., demi-rel. chagrin vert.

Ce journal fondé par E. de Girardin, H. de Balzac et de Varaigne vécut du 23 juin 1829 au 2 janvier 1831.
Il se compose de 52 livraisons et est orné de 105 planches lithographiées en noir (plusieurs tirées sur CHINE) ou en couleurs par *Daumier, Pigal, Delarue, Devéria*, etc., etc.
Ce premier essai de journal de caricatures est très rare.
Exemplaire complet; il n'y a pas eu de titre à la quatrième partie ni de table aux première et quatrième parties.

400. SILVESTRE (Armand). Le Conte de l'Archer par Armand Silvestre. Aquarelles de A. Poirson gravées par Gillot. *Paris*, 1883, in-8, fig., *broché*, couv.

401. SILVESTRE (Armand). — Fr. THOMÉ. — J. CHÉRET. La Fée du Rocher. Ballet-Pantomime en 2 actes et 6 tableaux. *Paris, L. Conquet* (*impr. Chaix*), 1894, in-4, fig. en couleurs, cart., couv.

Édition spéciale tirée à 100 exemplaires.

402. SONNETS et Eaux-fortes. *Paris, A. Lemerre*, 1869, in-fol., pl., *broché*, couv.

Eaux fortes de *Millet, Gérome, Daubigny, Manet*, etc.

403. SOULIÉ (Fr.). Le Lion amoureux. Nouvelle édition illustrée de 19 vignettes dessinées par Sahib et gravées au burin sur acier par Nargeot. Avec notice historique et littéraire

par Ludovic Halévy. *Paris, L. Conquet*, 1882, in-18, front. et vign., *broché*, couv.

Un des 50 exemplaires sur PAPIER DU JAPON avec le TIRAGE A PART des illustrations. Prospectus et tirage à part de la vignette de la couverture sur CHINE conservés.

404. LES SOUVENIRS et les regrets du vieil amateur dramatique ou lettres d'un oncle (J. Arnault) à son neveu sur l'ancien théâtre Français depuis Bellecour, Lekain, Brizard, Préville, etc. jusqu'à Molé, Larive, Dazincour, Dugazon, etc. *Paris, Leclère*, 1861, in-8, demi-rel. mar. rouge, tête dor., *non rogné*.

40 portraits en pied d'acteurs et d'actrices. Épreuves coloriées. Rare exemplaire imprimé sur PAPIER DE CHINE.

405. SOUVESTRE (Emile). Le Foyer Breton. Traditions populaires, par Emile Souvestre. Illustré par MM. Tony Johannot, O. Penguilly, A. Leleux, C. Fortin et Saint-Germain. *Paris, Coquebert, s. d.* (1844), in-8, portr. et fig., *en feuilles*, couv.

PREMIER TIRAGE.

406. — Le Monde tel qu'il sera par Emile Souvestre, illustré par MM. Bertall, O. Penguilly et St-Germain. *Paris, Coquebert, s.d.* (1846), in-8, fig., *broché*, couv.

PREMIER TIRAGE. Prospectus conservé.

407. STAËL (Mme de). Corinne ou l'Italie, par Mme la baronne de Staël. *Paris*, 1841, 2 vol. in-8, fig., *brochés*, couv.

PREMIER TIRAGE. Jolies vignettes gravées sur bois.

408. STENDHAL. L'Abbesse de Castro avec illustrations de Eugène Courboin. *Paris, Académie des Beaux Livres*, 1890, in-8, fig., *broché*, couv.

Édition tirée à petit nombre pour les *Bibliophiles contemporains*.

409. — La Chartreuse de Parme par M. de Stendhal (Henri Beyle). Réimpression textuelle de l'édition originale, illustrée de 32 eaux-fortes par V. Foulquier. Préface de Francisque Sarcey. *Paris, L. Conquet*, 1883, 2 vol. in-8, fig., *brochés*, couv.

Prospectus de publication (avec spécimen d'une eau-forte qui ne se trouve pas dans l'ouvrage) conservé.

410. — Le Rouge et le Noir, par M. de Stendhal (Henri Beyle). Réimpression textuelle de l'édition originale illustrée de 80 eaux-fortes par H. Dubouchet. Préface de Léon Chapron. *Paris, L. Conquet*, 1884, 3 vol. in-8, fig., *brochés*, couv.

411. STERNE. Voyage Sentimental, traduction nouvelle, précédée d'un essai sur la vie et les ouvrages de Sterne, par M. J. Janin, édition illustrée par MM. Tony Johannot et

Jacque. *Paris, Bourdin, s. d.* (1841), in-8, fig., demi-rel. chagrin rouge, *non rogné.*

PREMIER TIRAGE. On a joint 4 feuillets imprimés sur soie crême.

412. STERNE. Voyage Sentimental en France et en Italie. Traduction nouvelle et notice de M. Emile Blémont. Illustrations de Maurice Leloir comprenant 220 dessins dans le texte et 12 grandes compositions hors texte. *Paris, H. Launette*, 1884, in-4, portr. et fig., *en feuilles* dans un emboitage, couv.

Un des 100 exemplaires imprimés sur PAPIER WHATMAN, avec une double suite des photogravures AVANT LA LETTRE et une aquarelle originale inédite de *M. Leloir* sur le faux-titre.

413. SUE (Eug.). Le Juif Errant, par Eug. Sue. Edition illustrée par Gavarni. *Paris, Paulin*, 1845, 4 vol. gr. in-8, fig., *brochés*, couv.

PREMIER TIRAGE. Bel exemplaire auquel on a ajouté 66 figures hors texte (sur 84), tirées sur CHINE volant.
La planche : Itinéraire du Choléra Morbus, manque.

414. ——— Mathilde. Mémoires d'une jeune femme, par M. Eugène Sue. Nouvelle édition, revue par l'auteur. *Paris, Gosselin et Garnier*, 1844-1845, 2 vol. in-8, front. et fig., *brochés*, couv.

Illustrations de *Gavarni, Tony-Johannot, Célestin Nanteuil*, etc. gravées sur bois par *H. Porret.*
PREMIER TIRAGE. Prospectus conservé. Manque la couverture du tome second.

415. ——— Les Mystères de Paris. Nouvelle édition, revue par l'auteur. *Paris, C. Gosselin*, 1843-1844, 4 vol. gr. in-8, fig., *brochés*, couv.

PREMIER TIRAGE. Figures de *Daumier, Daubigny, Nanteuil, Staal*, etc.

416. SWIFT. Voyages de Gulliver dans les contrées lointaines, par Swift. Edition illustrée par Grandville. *Paris, Furne et Cie*, 1838, 2 vol. in-8, front. et fig., demi-rel. chagrin rouge, dos orné, *non rognés.* (*Rel. de l'époque.*)

PREMIER TIRAGE.

417. ——— Voyages de Gulliver. Traduction nouvelle et complète par B.-H. Gausseron. *Paris, A. Quantin, s. d.*, in-8, fig. en couleurs de Poirson, cart., *non rogné*, couv.

Un des 100 exemplaires imprimés sur PAPIER DU JAPON.

418. TACONET (Maurice). Par les Sentiers. Contes et Souvenirs. 52 compositions de Ed. Rudaux et Ch. Léandre, gravées à l'eau-forte par A. Lamotte et Ed. Rudaux. *Paris, Rouquette*, 1894, in-12, fig., demi-rel. dos et coins de mar. bleu, dos orné en mosaïque, tête dor., *non rogné*, couv. (*Canape.*)

419. TAINE (H.). Voyage aux Eaux des Pyrénées, illustré de 65 vignettes sur bois par G. Doré. *Paris, Hachette et Cie*, 1855, in-18, fig., demi-rel. veau vert, tête jaspée, *non rogné*.

Première édition illustrée par *G. Doré*. Ex-libris ARNAULDET.

420. — Voyage aux Pyrénées par H. Taine. Troisième édition illustrée par Gustave Doré. *Paris, Hachette et Cie*, 1860, in-8, fig., *broché*, couv.

Illustrations nouvelles paraissant pour la première fois dans cette édition.

421. THEURIET (André). L'Abbé Daniel. Illustrations de Jeanniot gravées par Ruffe. *Paris, Lemerre*, 1893, in-18, fig., *broché*, couv.

Un des 50 exemplaires imprimés sur PAPIER DE CHINE.

422. — Fleurs de Cyclamens, par André Theuriet. Illustrations de Ch. Coppier. *Paris, Imprimé pour A. Girard (par Chamerot et Renouard)*, 1899, pet. in-4, fig., *broché*, couv.

Cette édition, tirée à 115 exemplaires, est ornée de 10 figures gravées en couleurs.

423. — Nos Oiseaux. Cent dix compositions de H. Giacomelli, gravées sur bois par J. Huyot. *Paris, Launette et Cie*, 1887, in-8, fig., demi-rel. dos et coins de mar. vert, dos orné en mosaïque, *non rogné*, couv. (*Champs*.)

Un des 50 exemplaires imprimés sur PAPIER DE JAPON, orné d'une jolie aquarelle de *H. Giacomelli* sur le faux-titre.

424. — LES ŒILLETS DE KERLAZ, par André Theuriet. Edition originale illustrée de quatre eaux-fortes de Rudaux, de huit en-têtes et culs-de-lampe de Giacomelli gravés par T. de Mare. *Paris, L. Conquet*, 1885, in-18, fig., mar. La Vallière, dos orné, enc. de fil. dorés et à froid, milieu formé d'œillets en mosaïque de mar. vert, rouge et crème sur le premier plat, mors orné d'un enc. de 6 fil., doublure et gardes en soie verte, tr. dor. (*Marius-Michel*.)

Exemplaire imprimé sur PAPIER DE JAPON avec les illustrations en trois états dont l'EAU-FORTE. Deux charmantes aquarelles originales de *H. Giacomelli* sont peintes sur deux feuillets de la dédicace.
Couverture en triple état conservée.

425. TILLIER (Cl.). Mon Oncle Benjamin. Nouvelle édition illustrée d'un portrait frontispice et de 42 dessins par de Sahib gravés sur bois par Prunaire. Avec une préface par Monselet. *Paris, L. Conquet*, 1881, 2 vol. in-8, fig., *brochés*, couv.

Un des 50 exemplaires imprimés sur PAPIER DU JAPON.

426. TÖPFFER. Nouvelles Genevoises par R. Töpffer, illustrées d'après les dessins de l'auteur, gravures par Best, Leloir, Hotelin et Régnier. *Paris, Dubochet et Cie*, 1845,

in-8, fig., demi-rel. dos et coins de mar. rouge, dos orné, tr. dor. (*Rousselle*.)

PREMIER TIRAGE.

427. TÖPFFER. Voyages en zigzag, ou Excursions d'un pensionnat en vacances dans les cantons suisses et sur le revers italien des Alpes, illustrés d'après les dessins de l'auteur, et ornés de 15 grands dessins de M. Calame. *Paris, Dubochet et Cie*, 1844, in-8, front. et fig., *en feuilles*, couv.

PREMIER TIRAGE.

428. — Voyages en zigzag. *Paris, Dubochet et Cie*, 1844, in-8, front. et fig., cart., *non rogné*.

PREMIER TIRAGE.

429. ULENSPIEGEL. Les Aventures de Tiel Ulenspiegel, illustrées par Lauters. *Bruxelles, Delepierre*, 1840, in-12, front. et fig., *broché*, couv.

430. UZANNE (O.). Dictionnaire Bibliophilosophique, typologique, iconophilesque, bibliopégique et bibliotechnique à l'usage des Bibliognostes, des Bibliomanes et des Bibliophilistins par Octave Uzanne. *Paris, imprimé pour les Sociétaires de l'Académie des beaux Livres*, 1896, in-8, fig., *broché*, dans un emboitage.

Tiré à 176 exemplaires.

431. — L'Éventail. — L'Ombrelle. Le Gant. Le Manchon, par Octave Uzanne. Illustrations de Paul Avril. *Paris, Quantin*, 1882-1883, 2 vol. in-8, fig., *brochés*, couv.

Exemplaires tirés sur PAPIER DE HOLLANDE avec leurs emboîtages en satin. État de neuf.

432. — Féminies. Huit chapitres inédits dévoués à la Femme, à l'Amour, à la Beauté par Gyp, A. Hermant, H. Lavedan, M. Schwob et O. Uzanne. Frontispices en couleurs d'après Félicien Rops. Encadrements et vignettes de Rudnicki. *Paris, imprimé pour les Bibliophiles contemporains*, 1896, in-8, texte encadré et fig. en couleurs, *broché*, couv.

Figures de *Rops* en double épreuve, l'une en noir, l'autre en couleur. Tiré à 183 exemplaires numerotés.

433. — La Femme à Paris. Nos Contemporaines. Notes sur les Parisiennes de ce temps dans leurs divers milieux, états et conditions, par Octave Uzanne. Illustrations de Pierre Vidal. *Paris, Librairies-Imprimeries réunies*, 1894, in-8, fig., *broché*, couv.

Exemplaire imprimé sur PAPIER DU JAPON avec la suite des planches hors texte en double état : avec la lettre coloriée et ÉPREUVE D'ARTISTE avec REMARQUES.

434. UZANNE (O). La Française du Siècle. Modes, Mœurs, Usages, par Octave Uzanne. Illustrations à l'aquarelle de A. Lynch gravées à l'eau-forte en couleurs par E. Gaujean. *Paris, A. Quantin*, 1886, in-8, fig., *broché*, couv., dans un emboitage en cuir japonais.

435. — Le Miroir du Monde. Notes et Sensations de la Vie pittoresque par Octave Uzanne. Illustrations en couleurs d'après Paul Avril. *Paris, Quantin*, 1888, in-4, portr. et fig., *broché*, couv., dans un cartonnage en cuir japonais.

436. — Son Altesse la Femme par Octave Uzanne. Illustrations de Henri Gervex, J.-A. Gonzalès, L. Kratké, Albert Lynch, Adrien Moreau et Félicien Rops. *Paris, Quantin*, 1885, in-8, fig., *broché*, couv.

437. — Voyage autour de sa Chambre par Octave Uzanne. Illustrations de Henri Caruchet gravées à l'eau-forte par Frédéric Massé, relevées d'aquarelles à la main. *Imprimé à Paris pour les Bibliophiles Indépendants*, 1896, in-8 carré, fig., *broché*, couv.

Édition tirée à 210 exemplaires. Figures au simple trait, avec remarques et coloriées.

438. — Contes pour les Bibliophiles par Octave Uzanne et A. Robida. Nombreuses illustrations dans le texte et hors texte. *Paris, Quantin*, 1895, in-8, fig., *broché*, couv.

Un des 30 exemplaires imprimés sur PAPIER DU JAPON. Avec la planche, d'après *Fragonard*, en double état.

439. VATOUT (J.). Histoire lithographiée du Palais-Royal, publiée par M. J. Vatout. *Paris, Ch. Motte, s. d.* (*vers* 1835), in-fol., portr. et pl., demi-rel. chagrin brun.

45 belles planches lithographiées sur PAPIER DE CHINE, d'après *Delacroix*, *Devéria*, *H. Vernet*, etc., de portraits et d'événements qui se sont passés au Palais-Royal.

440. VAUCAIRE (Maurice). Vingt masques. Dessins de Louis Morin. *Paris, Rouquette, s. d.* (1895), in-12, fig., *broché*, couv.

Charmantes illustrations de *L. Morin* coloriées à l'aquarelle.
Un des 100 exemplaires imprimés sur PAPIER DU JAPON, contenant la suite des TIRAGES A PART sur PAPIER de CHINE.

441. VIGNY. Servitude et Grandeur militaires par le Comte Alfred de Vigny. Dessins de H. Dupray gravés à l'eau-forte par Daniel Mordant. *Paris, Imprimé pour les Amis des Livres, par Lahure*, 1885, gr. in-8, fig., *broché*, couv.

Édition tirée à 121 exemplaires sur PAPIER DU JAPON.
Les illustrations sont en triple état dont l'EAU-FORTE PURE.

442. VILLON (François). Œuvres de François Villon. Texte revisé et préface par Jules de Marthold. Quatre-vingt-dix illustrations en deux teintes de A. Robida. *Paris, L. Conquet*, 1897, in-8, fig., *broché*, couv.

Un des 50 exemplaires imprimés sur PAPIER DE CHINE.

443. VOLTAIRE. Candide ou l'Optimisme. Préface de Francisque Sarcey. Illustrations de Adrien Moreau. *Paris, G. Boudet*, 1893, in-8, fig., *broché*, couv.

444. — Les Vous et les Tu, épître de Voltaire, ornée de lithographies à la plume, par Fraipont. *Paris, imprimé pour les Amis des Livres*, 1883, in-8, fig., *broché*, couv.

445. — ZADIG OU LA DESTINÉE, histoire orientale par Voltaire. *Paris, imprimé pour les Amis des Livres*, 1893, in-8, fig., *broché*, couv.

Édition illustrée de figures gravées en couleur par *Gaujean*, d'après les dessins de *J. Garnier*, *F. Rops* et *Robaudi*.
Tiré à 115 exemplaires. Devenu très rare.

446. VORAGINE (J. de). La Légende dorée. Traduction française de H. Piazza. Dessins et lithographies de A. Lunois. *Paris, G. Boudet*, 1896, in-4, fig., *broché*, couv.

447. VOYAGE où il vous plaira, par MM. Tony Johannot, Alfred de Musset et P. J. Stahl. *Paris, Hetzel*, 1843, gr. in-8, fig., demi-rel., *non rogné*, couv.

PREMIER TIRAGE. Exemplaire auquel on a ajouté les tirages sur PAPIER DE CHINE de 22 figures hors texte.

448. VUILLIER (Gaston). La Tunisie, illustrée par l'auteur. *Tours, Alfred Mame et fils*, 1896, in-4, fig. en noir et en couleurs, *en feuilles* dans un carton.

Un des 25 exemplaires imprimés sur PAPIER DE CHINE pour la *Librairie Rouquette*, contenant le tirage à part des grandes planches en divers tons, sur CHINE.

449. WORDSWORTH. La Grèce pittoresque et historique par le Dr C. Wordsworth, traduction de M. E. Regnault. *Paris, L. Curmer*, 1841, gr. in-8, fig., cart., *non rogné*.

PREMIER TIRAGE. Très belles illustrations de *Meissonier*, *Daubigny*, *Jacque*, *Sargent*, *Blunt*, *Jrton*. Couverture collée sur le cartonnage.

450. WYSS. Le Robinson Suisse, traduit de l'Allemand de Wyss, par Mme Elise Voiart, précédé d'une introduction de Ch. Nodier, orné de 200 vignettes d'après les dessins de Lemercier. *Paris, Lavigne*, 1841, in-8, fig., *broché*, couv.

PREMIER TIRAGE.

451. ZOLA (Émile). L'Assommoir. *Paris, Marpon et Flammarion, s. d.* (1878), gr. in-8, fig., *broché*, couv.

Un des 130 exemplaires sur PAPIER DE HOLLANDE avec suite tirée à part sur CHINE.

452. — Nana, par Emile Zola, édition illustrée par André Gill, Bertall, G. Bellenger, etc. *Paris, Marpon et Flammarion*, 1882, in-4, fig., *broché*, couv.

Un des 130 exemplaires imprimés sur PAPIER DE HOLLANDE avec les figures en double épreuve dont une AVANT LA LETTRE sur CHINE, et la figure de *Bertall*, qui ne se trouve pas dans le texte, également sur CHINE.

II. — LIVRES DE DIFFÉRENTS GENRES

LITTÉRATURE. — ROMANS. — LIVRES SUR LES ARTS, OUVRAGES SUR PARIS. — BIBLIOGRAPHIE.

453. ALEXANDRE (Arsène). Histoire de l'Art décoratif du XVIe siècle à nos jours. Préface de Roger Marx. Ouvrage orné de 40 planches en couleurs, 12 eaux-fortes et 526 dessins dans le texte. *Paris, H. Laurens, s. d.* (1892), in-fol., pl., *broché*, couv.

454. ATLAS divers. *Paris*, 1859-1888, 5 vol. pet. in-fol. et in-4, cartes, cart.

Atlas du Consulat et de l'Empire. *Paris*, 1859. — Nouvel Atlas général de Géographie par Louis Grégoire. *Paris, s. d.* — Atlas de la France par Ad. Joanne. *Paris*, 1870. — Géographie historique et Géographie générale par Foncin. *Paris*, 1888, 2 vol.

455. BARON. Le Théâtre de Mr Baron, augmenté de deux pièces qui n'avaient point encore été imprimées, et de diverses poésies du même Auteur. *A Paris, aux dépens des Associés*, 1759, 3 vol. in-12, mar. vert, dos orné, fil. tr. dor. (*Rel. anc.*)

Aux armes de la duchesse de GRAMMONT-CHOISEUL.

456. BERALDI. Estampes et Livres, 1872-1892. *Paris*. 1892, in-8, fig., *broché*.

On y joint du même auteur : Bibliothèque d'un bibliophile (Eug. Paillet). *Lille, impr. Danel*, 1885.

457. BIBLIOGRAPHIE. *Paris*, 1875-1883, 5 vol. in-8, *brochés*.

Bibliographie de Manon Lescaut, de Restif de La Bretonne, Molièresque, de Béranger et d'Alfred de Musset.

458. — Bibliographie. 3 vol. in-8, *brochés*.

Nisard, Histoire des Livres populaires, 2 vol. — Lacroix. Fournier et Seré, Histoire de l'Imprimerie.

459. BIBLIOTHÈQUE d'un Curieux. *Paris, Lemerre*, 1867-1879, 25 vol. in-12, *brochés*, couv.

Les Serées de Guillaume Bouchet, 4 vol. — Olivier de Magny, 5 vol. — Les Comptes du Monde adventureux, 2 vol. — Contes de Poggo. — Ferry Julyot, Les Elégies de la belle fille. — Poésies attribuées à Molière. — Contes d'Arlotto. — Le Cymbalum Mundi. — L'élite des contes du S[r] d'Ouville. — Les Vaux de Vire de J. Le Houx. — Dialogues de Tahureau. — Les Quatrains de Pibrac. — Satires et exercices d'Angot l'Eperonnière. — Conquête de la Nouvelle Espagne, 2 vol. — Les Propos rustiques de Noël Du Fail. — Satyre Ménippée.

460. BIBLIOTHÈQUE (Petite) littéraire. *Paris, Lemerre*, 1869-1879, 15 vol. in-12, *brochés*, couv.

Horace, 2 vol. — La Divine Comédie, 2 vol. — Heptameron, 2 vol. — Daphnis et Chloé. — Paul et Virginie. — Beaumarchais, 2 vol. — Manon Lescaut. — La Rochefoucauld. — Régnier. — Mémoires de Grammont, etc.

On y joint la suite des 6 figures de *Prud'hon* gravées par *Boilvin* pour Daphnis et Chloé.

461. — Bibliothèque (Petite) littéraire. *Paris, Lemerre*, 1872-1879, 14 vol. in-12, *brochés*, couv.

André de Chénier, 3 vol. — Auguste Brizeux, 4 vol. — G. Flaubert, 4 vol. — François Coppée, 3 vol.

462. — Bibliothèque (Petite) littéraire. *Paris, Lemerre*, 1875, 16 vol. in-12, portr., *brochés*, couv.

Molière, 9 vol. — Racine, 5 vol. — Boileau, 2 vol.

On y joint les suites des eaux-fortes pour Molière d'après *Boucher* et d'après *Cochin* pour Boileau.

463. BLANC (Ch.). L'Œuvre de Rembrandt, décrit et commenté par M. Charles Blanc. Catalogue raisonné de toutes les estampes du maître et de ses peintures. *Paris, A. Lévy*, 1873, 2 vol. in-4, fig., *brochés*.

Orné de 42 eaux-fortes par *Flameng*, de 35 héliogravures et de nombreux bois.

On y joint : L'Œuvre complet de Rembrandt par Ch. Blanc. *Paris, Guérin, s. d.*, 2 vol. in-8, fig., *brochés*.

464. BOCHER (Emm.). Catalogue raisonné de l'Œuvre de J. M. Moreau le Jeune. *Paris, Morgand et Fatout*, 1882, in-4, portr., *broché*.

On y joint : C. E. Gaucher graveur, par le baron Portalis et H. Beraldi. *Paris*, 1879, in-8, *broché*.

465. BOUTON (V.). Nid d'Alcyon. Poésies, par V. B. (Victor Bouton). *Paris, A. Patay*, 1882, pet. in-4, portr., fig. et fac-similé, *broché*, couv.

466. BOURGET (Paul). Romans. *Paris, Lemerre*, 1891, 2 vol. in-18, tirés in-4, *brochés*, couv.

Nouveaux Pastels (Dix portraits d'hommes). — Sensations d'Italie.

Éditions originales. Exemplaires imprimés sur papier de Hollande.

467. — Romans. *Paris, Lemerre*, 1891-1892, 2 vol. in-18, *brochés*, couv.

Physiologie de l'Amour moderne. — La Terre promise.

Éditions originales. Papier de Hollande.

468. BRETEZ. Plan de Paris commencé l'année 1734. Dessiné et gravé sous les ordres de Etienne Turgot, levé et

dessiné par Louis Bretez, gravé par Claude Lucas. *Paris*, 1739, in-fol., veau, pet. dent., tr. dor. (*Rel. anc.*)

Ce plan se compose de 20 feuilles et d'un tableau d'assemblage. Exemplaire aux armes de la ville de Paris. Reliure fatiguée.

469. BRIVOIS (Jules). Bibliographie des ouvrages illustrés du XIXe siècle, principalement des livres à gravures sur bois, par Jules Brivois. *Paris*, *Rouquette*, 1883, in-8, *broché*, couv.

470. CATALOGUE des Objets d'Art et d'Ameublement, Tableaux, dont la vente aux enchères publiques aura lieu à Florence, au Palais de San Donato. *Paris*, 1880, in-4, pl., *broché*, couv.

Eaux-fortes par *Abot*, *Gaucherel*, *E. Hédouin*, *J. Jacquemart*, *Monziès*, etc.

471. — Catalogues de Tableaux anciens et modernes et d'objets d'art formant la célèbre collection de M. E. Secrétan. *Paris*, 1889, 4 vol. pet. in-fol., pl., *brochés*, couv.

472. — Catalogue de Tableaux, études peintes, aquarelles et dessins, composant l'atelier Meissonier. *Paris*, 1893, in-4, portr. et pl., *broché*, couv.

473. — Catalogue de Tableaux anciens des Ecoles flamande, hollandaise, française, espagnole, italienne et allemande, formant l'importante collection de M. G. Rothan, dont la vente aura lieu à Paris les 29, 30 et 31 mai 1890. *Paris*, 1890, in-fol., pl., *broché*, couv.

Nombreuses planches gravées à l'eau-forte.

474. — Collection de M. John W. Wilson, exposée dans la galerie du cercle artistique et littéraire de Bruxelles. *Paris*, *Claye*, 1873, in-fol., pl., cart., *non rogné*, couv.

Superbe catalogue orné de 68 eaux-fortes par *Waltner*, *Gaucherel*, *Lalauze*, *Jacquemart*, *L. Flameng*, *Rajon*, etc. Bel exemplaire.

475. — Catalogues illustrés de ventes de Tableaux et d'objets d'art. *Paris*, 1881-1882, 3 vol. in-4, portr. et fig., *brochés*.

Catalogues ornés d'eaux-fortes, des collections A. Febvre, John W. Wilson, Bon de Beurnonville.

476. — Catalogues illustrés de ventes de Tableaux, de dessins et d'objets d'art. *Paris*, 1878-1898, 16 vol. in-8 et in-4, *brochés*.

Catalogues ornés de planches des collections Alexandre Dumas, Eugène Piot, Lassalle, Laurent-Richard, Destailleur, Double, Guyot de Villeneuve, etc.

477. CATALOGUES, 5 vol. in-8 et in-12, *brochés*.

Catalogue d'une collection de volumes imprimés par les Elzevier. — Bibliothèque de Marie-Antoinette aux Tuileries. — Cent reliures d'art de la collection de La Croix-Laval (planches), etc.

478. CATALOGUES de Bibliothèques particulières et Catalogues de libraires. Environ 100 vol. in-8, *brochés.*

Catalogues des Bibliothèques Didot, Champfleury, Cte de Béhague, des Goncourt, Destailleur, Noilly, Curmer, de la librairie Fontaine, etc.

479. CATALOGUE de l'Exposition de Gravures anciennes et modernes. 4 juillet 1881. *Paris. Cercle de la Librairie,* 1881, in-4, front. et pl., *en feuilles,* dans un emboîtage.

Un des 100 exemplaires de luxe.

480. CHAMPFLEURY. Histoire de la Caricature antique, moderne, au Moyen-Age, sous la République, l'Empire et la Restauration. *Paris, Dentu,* 1865-1871. Ens. 4 vol. in-18, fig., cart., *non rognés,* couv.

ÉDITIONS ORIGINALES.

481. COHEN (H.). Guide de l'Amateur de Livres à figures et à vignettes du XVIIIe siècle. Troisième édition. *Paris, Rouquette,* 1876, in-8, *broché.*

On y joint : Manuel de l'Amateur d'illustrations par Sieurin. *Paris,* 1875, in-8, *broché.*

482. —— Guide de l'Amateur de Livres à gravures du XVIIIe siècle, par H. Cohen. Cinquième édition, revue, corrigée et considérablement augmentée par le baron Roger Portalis. *Paris, Rouquette,* 1886, in-8, *broché,* couv.

483. COLONIES françaises (Ouvrages sur les), 10 vol. et plaquettes in-4 et in-8, cart. et *brochés.*

Pelet. Atlas des Colonies françaises, 1902. — Reclus. L'Inde et l'Indo-Chine, 1883. — Stanley. Cinq années au Congo, *s. d.* — Croisier. Événements du Tonkin, 1879. — Krafft. Souvenirs de notre tour du Monde, 1885, etc.

484. CORNEILLE (Pierre). Œuvres de P. Corneille. Nouvelle édition revue sur les plus anciennes impressions et les autographes et augmentée de morceaux inédits, de notices, de notes, etc., par Ch. Marty-Laveaux. *Paris, Hachette et Cie,* 1862-1868, 12 vol. in-8 et un album in-4, demi-rel. chagrin bleu, tr. peigne.

De la Collection des *Grands Écrivains.*

485. CORROZET (G.). Les Blasons Domestiques par Gilles Corrozet, libraire de Paris. Nouvelle édition publiée par la Société des Bibliophiles François. *Paris, Lahure,* 1865, in-12, fig., mar. rouge, fil., tr. dor. (*Chambolle-Duru.*)

Reproduction de la rarissime édition originale de 1539.

486. COSTUMES du XVIIIe siècle, ajustements et coiffures d'après les dessins de Watteau fils, Leclerc, Desrais, etc.,

tirés de la collection de M. V. Sardou. *Paris, Gagnon*, 1875, in-4, cart.

20 planches de coiffures gravées à l'eau-forte par *A. Guillaumot fils* et coloriées.

487. DAUDET (Alphonse). Le Nabab. Mœurs parisiennes. *Paris, G. Charpentier*, 1877, in-18, *broché*, couv.

ÉDITION ORIGINALE. Un des 75 exemplaires tirés sur PAPIER DE HOLLANDE.

488. — Romans. *Paris*, 1862-1874, 3 vol. in-18, *brochés*, couv.

Le Roman du Chaperon-rouge. — Lettres à un absent. Paris, 1870-1871. — Robert Helmont, études et paysages.
ÉDITIONS ORIGINALES.

489. — Romans. *Paris, Dentu et Charpentier*, 1879-1881, 2 vol. in-18, *brochés*, couv.

Les Rois en exil. — Numa Roumestan.
ÉDITIONS ORIGINALES. Exemplaires imprimés sur PAPIER DE HOLLANDE.

490. — Romans. *Paris, Dentu et Lemerre*, 1883-1895, 3 vol. in-18, *brochés*, couv.

L'Evangéliste. — L'Immortel. — La petite Paroisse.
ÉDITIONS ORIGINALES. Exemplaires imprimés sur PAPIER DE HOLLANDE.

491. — Sapho, Mœurs parisiennes. *Paris, G. Charpentier et Cie*, 1884, in-18, *broché*, couv.

ÉDITION ORIGINALE. Un des 175 exemplaires imprimés sur PAPIER DE HOLLANDE.

492. DAYOT (Armand). La Révolution Française. D'après des peintures, sculptures, gravures, médailles, objets.... du temps. *Paris, E. Flammarion, s. d.* (1897), in-4 obl., pl., *broché*, couv.

Un des 100 exemplaires imprimés sur PAPIER DE CHINE.

493. — La Restauration. — Journées Révolutionnaires, 1830-1848. — Le Second Empire (2 Décembre 1851 — 4 Septembre 1870). — L'Invasion. Le Siège. La Commune, 1870-1871. D'après des peintures, gravures, photographies, objets du temps. *Paris, Revue Blanche et Flammarion, s. d.*, 4 vol. in-4 obl., fig., cart.

494. DESJARDINS (G.). Le Petit-Trianon, histoire et description par Gustave Desjardins. *Versailles, Bernard*, 1885, in-4, pl., *broché*, couv.

495. DIBDIN (Th. Frognall). Voyage bibliographique, archéologique et pittoresque en France. Traduit de l'Anglais, avec des notes, par Théod. Licquet. *Paris*, 1825, 4 vol. gr. in-8, fig., demi-rel. dos et coins de mar. rouge à grains longs, fil., *non rognés*. (*Thouvenin*.)

Exemplaire tiré sur PAPIER JÉSUS VÉLIN.

496. DORAT. Fables nouvelles (par Dorat). *A la Haye et se trouve à Paris, chez Delalain*, 1773, 2 vol. in-8, fig. de Marillier, veau marbré, dos orné, dent. (*Rel. anc.*)

497. DRUMONT (Édouard). Les Fêtes nationales à Paris, par Édouard Drumont. *Paris, L. Baschet*, 1879, pet. in-fol., pl. et fig., cart. toile, fers spéciaux, tête dor., *non rogné*.

498. DUPLESSIS. Histoire de la gravure en Italie, en Espagne, en Allemagne, dans les Pays-Bas, en Angleterre et en France, suivie d'indications pour former une collection d'estampes par Georges Duplessis. *Paris, Hachette*, 1880, gr. in-8, fig., *broché*, couv.

499. DURUY (Victor). Histoire des Romains depuis les temps les plus reculés jusqu'à l'invasion des Barbares. Nouvelle édition, revue, augmentée et enrichie d'environ 3.000 gravures et de 100 cartes ou plans. — Histoire des Grecs. Nouvelle édition enrichie d'environ 2000 gravures et 50 cartes ou plans. *Paris, Hachette et Cie*, 1885-1889, 10 vol. in-4, portr., fig., cartes et plans, demi-rel. chagrin vert, tête jaspée, *non rognés*.

500. EXPOSITIONS de Paris *Paris*, 1867-1900, 6 vol. in-4, fig., cart.

L'Exposition universelle de 1867. — Revue de l'Exposition universelle de 1889, 2 vol. (remarquables illustrations de *Lepère, Renouard, Raffaelli*, etc.). — L'Exposition de Paris 1900, 3 vol.

501. EXPOSITIONS de tableaux et salons. 17 vol. in-8 et in-12, fig., *brochés*.

Exposition des Beaux-Arts, Salon de 1880. *Paris, Baschet*, in-8, fig. Salons illustres, 1885 à 1903 (lacunes).

502. FALLOU (L). La Garde Impériale (1804-1815). Ouvrage illustré de 450 dessins dans le texte par E. Grammont, M. Orange, L. Vallet et de 60 compositions hors texte, en couleurs, d'après les aquarelles de J. Chelminski, E. Grammont, H. Dupray, M. Orange, Rouffet et L. Vallet. *Paris, La Giberne* (*impr. P. Lemaire*), 1901, in-4, fig., *broché*, couv. et un atlas, in-fol., cart.

Belle publication.

503. FÉNELON. Les Aventures de Télémaque, fils d'Ulysse. Par M. de Fénelon. *Dijon, de l'impr. de P. Causse*, 1791, 2 vol. in-8, portr. et fig., demi-rel. dos et coins de mar. vert, dos orné, *non rognés*. (*Rel. du temps.*)

Bel exemplaire auquel on a ajouté la suite des 21 figures de *Queverdo*, épreuves AVANT LA LETTRE et 16 figures (sur 24) par *Marillier*, épreuves AVANT LA LETTRE.

504. FLAMENG (Léopold). Paris qui s'en va et Paris qui vient. Eaux-fortes, par Léopold Flameng. *Paris, Cadart, s. d.* (1859-1860), in-fol., pl., *en livraisons.*

26 eaux-fortes, avec notices par Delvau, Th. Gautier, A. Houssaye, etc.

505. FLAUBERT (Gustave). Madame Bovary. Mœurs de province. *Paris, M. Lévy frères,* 1857, pet. in-8, *broché,* couv.

ÉDITION ORIGINALE. Très rare exemplaire tiré sur GRAND PAPIER VÉLIN. Dos de la couverture réparé.

506. FLEURY (Cte). Le Palais de Saint-Cloud, ses Origines, ses hôtes, ses fastes, ses ruines. Par le Comte Fleury. Illustrations hors texte et dans le texte. *Paris, H. Laurens, s. d.,* in-4, front. et fig., cart. toile, fers spéciaux, tête dor., *non rogné.*

507. FRANCE pittoresque et monumentale. Paris. Monuments. *Paris, Le Deley, s. d.,* in-4, pl., *en feuilles,* couv., dans un carton.

Titre, table et 50 planches en héliotypie.
On y joint : Monuments de Paris, dessinés par A. Rouargue et Outhwaite. *Paris, Chardon, s. d.,* in-4, 21 pl. sur Chine, demi-rel.

508. GESSNER. Œuvres de Salomon Gessner. *Paris, Ant. Aug. Renouard,* 1799, 4 vol. in-8, portr. et fig. de Moreau, demi-rel. dos et coins de veau bleu, dos orné, *non rognés.* (*Rel. du temps.*)

PAPIER VÉLIN.
On y joint : Lettres à Emilie, par Demoustier. *Paris, Renouard,* 1809, 2 vol. in-8, portr. et fig. de Moreau, demi-rel.

509. GIACOMELLI (H.). Raffet, son œuvre lithographique et ses eaux-fortes suivi de la bibliographie complète des ouvrages illustrés de vignettes d'après ses dessins. *Paris,* 1862, in-8, portr. et fig., demi-rel. dos et coins de mar. brun, tête dor. *non rogné.* (*Durvand.*)

510. GONCOURT (Ed. et J. de). Histoire de la Société française pendant la Révolution par Edmond et Jules de Goncourt. *Paris, Quantin,* 1889, pet. in-fol., fig. en noir et en couleurs, *broché,* couv.

511. GONSE (Louis). L'Art gothique. L'Architecture. La Peinture. La Sculpture. Le Décor. *Paris, Librairies-Imprimeries réunies, s. d.,* in-fol., pl., cart., *non rogné.*

512. GOURDON DE GENOUILLAC. Paris à travers les Siècles. Histoire nationale de Paris et des Parisiens depuis la fondation de Lutèce jusqu'à nos jours. *Paris, F. Roy,* 1879-1882, 5 vol. gr. in-8, fig., *brochés,* couv.

Contient plus de 400 figures noires ou coloriées.

513. GRAND-CARTERET (John). La Femme en culotte. 54 croquis originaux de Fernand Fau et Gustave Giranne. 219 images documentaires. *Paris, Flammarion, s. d.* (1898 ?), in-18, fig., *broché*, couv.

Exemplaire imprimé sur PAPIER DE CHINE.

514. —— Les Mœurs et la Caricature en France par J. Grand-Carteret. 8 planches en couleur, 36 planches hors texte. 500 illustrations dans le texte. *Paris, Librairie illustrée, s. d.* (1888), in-8, fig. en noir et en couleurs, *broché*, couv.

515. GRUYER (F. A.). Voyage autour du Salon carré au musée du Louvre par F. A. Gruyer. Ouvrage illustré de 40 héliogravures d'après les tableaux originaux par Braun. *Paris, Firmin-Didot et Cie*, 1891, in-4, 40 pl., demi-rel. dos et coins de mar. brun, tête dor., éb.

516. HALÉVY (Ludovic). Romans. *Paris, Calmann Lévy*, 1882-1883, 4 vol. in-18, *brochés*, couv.

L'Abbé Constantin. — Criquette. — Deux Mariages. — La Famille Cardinal.
Les deux premiers volumes sont en ÉDITIONS ORIGINALES.

517. HISTOIRE. 18 vol. et brochures, in-8 et in-12, demi-rel. et *brochés*.

A. Le Faure, H^re^ de la Guerre d'Orient, 1878. — E. Ténot, La Frontière, 1882 et 1893. — Didon, Les Allemands. — Les Carnot. — Journal officiel de la Commune, etc.

518. HOFFBAUER. Paris à travers les âges. Aspects successifs des monuments et quartiers historiques de Paris depuis le XIIIe siècle jusqu'à nos jours, fidèlement restitués d'après les documents authentiques par M. F. Hoffbauer, architecte. Texte par MM. Ed. Fournier, P. Lacroix, A. de Montaiglon, J. Cousin, etc. *Paris, F. Didot et Cie*, 1875-1882, in-fol., fig., planches en noir et en couleurs, en 14 *livraisons*.

PREMIER TIRAGE.

519. HUGO (Victor). Œuvres. *Paris, Lemerre*, 1875-1888, 23 vol. in-12, portr., *brochés*, couv.

Poésies, 17 vol. — Théâtre, 4 vol. — Notre-Dame de Paris, 2 vol.
Un des 60 exemplaires imprimés sur PAPIER DE CHINE.

520. HURTREL (Alice). Les Amours de Catherine de Bourbon, sœur du Roi, et du Comte de Soissons. — Les Aventures romanesques d'un Comte d'Artois. *Paris, G. Hurtrel*, 1882-1883, 2 vol. in-16, fig., *brochés*, couv. en carton.

521. L'HYMEN et la naissance ou Poésies en l'honneur de leurs Majestés Impériales et Royales (par Aignan, Campenon,

Millevoye, Arnault). *Paris, Firmin-Didot,* 1812, in-8, front., demi-rel. *non rogné.*

Volume publié à l'occasion de la naissance du roi de Rome.

522. JANIN (Jules). Deburau. Histoire du Théâtre à quatre sous. Troisième édition. *Paris, Gosselin,* 1833, 2 vol. pet. in-8, portr., *brochés*, couv.

523. JOB. Tenue des Troupes de France à toutes les époques, armées de terre et de mer. *Paris, s. d.,* in-4, fig. et pl., demi-rel. dos et coins de chagrin vert, tête dor., ébarbé.

48 planches de costumes militaires coloriés.

524. KEMPIS (Th.-A.). De Imitatione Christi. Libri quatuor. *Lugduni, ex officina Elzeviriana,* 1658, in-12, titre gravé, mar. rouge à grains longs, dos orné, dent., tabis, tr. dor. (*Rel. genre Bozérian.*)

Exemplaire fatigué.

525. LA BÉDOLLIÈRE (Émile de). Le Nouveau Paris. Histoire de ses 20 arrondissements. Illustrations de Gustave Doré. — Histoire des Environs du Nouveau Paris. Illustrations de Gustave Doré, par Ehrard. *Paris, Barba, s. d.* (1860), 2 vol. in-8, front., fig. et cartes, demi-rel. mar. grenat, tête dor., *ébarbés.*

PREMIER TIRAGE.

On y joint : Le Palais du Luxembourg, par Alph. de Gisors. *Paris, Plon,* 1847, in-8, pl., cart.

526. LABORDE. Choix de Chansons mises en musique par M. de Laborde, gouverneur du Louvre. Ornées d'estampes en taille-douce. *Rouen, Lemonnyer,* 1881, 4 vol. in-8, portr., front., fig., texte et musique gravés, demi-rel. dos et coins de mar. La Vallière, dos plat orné, tête dor., *non rognés.* couv. (*Bretault.*)

Exemplaire imprimé sur PAPIER VÉLIN contenant la suite des figures en double épreuve en noir et en bistre.

527. LACROIX (Paul). Louis XII et Anne de Bretagne. Chronique de l'Histoire de France. Ouvrage illustré de 14 chromolithographies, 15 grandes gravures hors texte et d'environ 200 dessins dans le texte d'après les originaux de l'époque. *Paris, Hurtrel,* 1882, in-8, portr. et fig. en noir et en couleurs, *broché*, dans un carton.

Un des 30 exemplaires imprimés sur PAPIER DU JAPON.

528. — Moyen-âge et Renaissance. Les Arts, Mœurs, Sciences, Vie militaire et religieuse, 4 vol. — Dix-septième siècle. Lettres et Institutions, 2 vol. — Dix-huitième siècle. Lettres et Institutions, 2 vol. — Directoire, Consulat et Empire, 1 vol. *Paris, Firmin-Didot et Cie*, 1869-1884, 9 vol. in-8, fig. en noir et en couleurs, *brochés*, couv.

529. LAFFILÉ (Ch.). Le Souvenir des Menestrels, contenant une collection de Romances inédites ou choisies (par Ch. Laffilé). *Paris*, 1814-1815 et 1817, 3 vol. in-12, fig. et musique gravée, cart. en soie rouge, dos orné, dent., tr. dor., étuis de soie rouge, dent. (*Rel. du temps.*)

Années 1814, 1815 et 1817.
On y joint : Couronne littéraire (par Chenier, Chateaubriand, Hugo, etc.). *Paris, Janet, s. d.*, in-12, cart. doré, dans un étui.

530. LA FONTAINE. Les Amours de Psyché et de Cupidon. par J. de La Fontaine. Edition ornée de figures imprimées en couleurs, d'après les tableaux de M. Schall. *Paris, Defer de Maisonneuve*, 1791, gr. in-4, fig., demi-rel. dos et coins de mar. brun, dos orné à la grotesque, tête dor., *non rogné*. (*Galette.*)

Cette édition est illustrée de 4 figures gravées en couleurs par *Bonnefoy*, *Demonchy* et *Colibert* d'après *Schall*. Bel exemplaire.

531. — Fables de La Fontaine, avec figures gravées par MM. Simon et Coiny. *Paris, Bossange, Masson et Besson*, 1796, 6 tomes en 3 vol. in-12, fig., cart.

532. — Fables choisies. — Contes et Nouvelles en vers. *Paris, Lemerre*, 1868, 4 vol. pet. in-12, front., *brochés*, couv.

533. — Œuvres complètes de La Fontaine, précédées de l'éloge de l'Auteur par Chamfort. Nouvelle édition. *Paris, Igonette*, 1826, in-8, portr. et fig., veau bleu, dos orné, fil., décoration à froid sur les plats, tr. dor. (*Hiron.*)

Portrait de *La Fontaine* et 11 figures par *A. Devéria*. Riche reliure.

534. LAMARTINE. Œuvres poétiques (et Romans). *Paris, Hachette et Cie*, 1875-1882, 9 vol. in-8 carré, *brochés*.

Belle édition avec ornements d'après *Rossigneux*. Texte encadré.
Un des 100 exemplaires imprimés sur PAPIER WHATMAN.

535. LANGLOIS (E. H.). Essai historique, philosophique et pittoresque sur les Danses des Morts, accompagné de 54 planches et de nombreuses vignettes, dessinées et gravées par E.-H. Langlois, Mlle Esp. Langlois, etc. Ouvrage complété et publié par M. André Pottier et M. Alfred Baudry. *Rouen, A. Lebrument*, 1852, 2 vol. in-8, portr. et fig., *brochés*, couv.

536. LAVATER. La Physiognomonie, ou l'Art de connaître les hommes, d'après les traits de leur physionomie, leurs rapports avec les divers animaux, leurs penchans, etc. Traduction nouvelle par H. Bacharach. *Paris*, 1841, in-4, pl., cart., éb.

537. LECOMTE (Georges). L'Art impressionniste, d'après la Collection privée de M. Durand-Ruel. 36 eaux-fortes, pointes-

sèches et illustrations dans le texte de A.-M. Lauzet. *Paris, Chamerot et Renouard*, 1892, in-4, front. et fig., *broché*, couv.

538. LE SAGE. Œuvres de Le Sage, avec notices et notes par A. P. Malassis, Anatole France et Frédéric Dillaye. *Paris, Lemerre*, 1878-1879, 7 vol. in-12, portr., *brochés*, couv.

539. LE LIVRE des Sonnets, dix dizains de sonnets choisis. — Le Livre des Ballades, soixante ballades choisies. *Paris, Lemerre*, 1874-1876, 2 vol. in-8, *brochés*, couv.

540. LOIR (Maurice). Au Drapeau ! Récits militaires extraits des Mémoires de G. Bussière et E. Legouis, du Comte de Ségur, du Maréchal Masséna, etc. Avec une préface par Georges Duruy et un tableau historique des Régiments français. *Paris, Hachette et Cie*, 1897, in-4, fig., demi-rel. dos et coins de mar. rouge, dos orné, tête dor., *non rogné*.

Illustrations de *Giraldon* et *J. Le Blant*.
Un des 25 exemplaires imprimés sur PAPIER DE CHINE, contenant une double suite des illustrations, en noir et coloriées. Couverture conservée.

541. LOTI (Pierre). Une Exilée. *Lyon, Société des Amis des Livres*, 1893, in-18, *broché*, couv.

Édition tirée à 41 exemplaires sur PAPIER DE HOLLANDE

542. — Ramuntcho, par Pierre Loti. *Paris, Calmann Lévy*, 1897, in-18, *broché*, couv.

ÉDITION ORIGINALE. Un des 75 exemplaires imprimés sur PAPIER DE HOLLANDE.

543. — Romans. *Paris, Calmann Lévy*, 1895-1896, 3 vol. in-18, *brochés*, couv.

Jérusalem. — Le Désert. — La Galilée.
ÉDITIONS ORIGINALES. PAPIER DE HOLLANDE.

544. — Romans. *Paris, Calmann Lévy*, 1898-1899, 2 vol. in-18, *brochés*, couv.

Figures et choses qui passent. — Reflets sur la sombre route.
ÉDITIONS ORIGINALES. PAPIER DE HOLLANDE.

545. — Romans. *Paris, Calmann Lévy, s. d.*, 2 vol. in-18, *brochés*, couv.

Les derniers Jours de Pékin. — L'Inde (sans les Anglais).
ÉDITIONS ORIGINALES. PAPIER DE HOLLANDE.

546. MAILLARD (Léon). Henri Boutet, graveur et pastelliste. *Paris, Dentu*, 1894, in-4, portr. et fig., *broché*, couv.

547. MARTIN (Henri). Histoire de France, depuis les temps les plus reculés jusqu'en 1789. — Histoire de France depuis 1789 jusqu'à nos jours, par Henri Martin. *Paris, Furne*,

Jouvet et Cie, 1865-1885, 25 vol. in-8, portr. et fig., demi-rel. veau fauve.

Les 8 derniers volumes sont *brochés*.

548. MAUPASSANT. La Vie errante, par Guy de Maupassant. *Paris, P. Ollendorff*, 1890, in-18, *broché*, couv.

ÉDITION ORIGINALE. Un des 100 exemplaires imprimés sur PAPIER DE HOLLANDE.

549. MICHEL (Marius). La Reliure française depuis l'invention de l'imprimerie jusqu'à la fin du XVIIIe siècle. — La Reliure française commerciale et industrielle depuis l'invention de l'imprimerie jusqu'à nos jours, par MM. Marius Michel, relieurs-doreurs. *Paris, Morgand et Fatout*, 1880-1881, 2 vol. in-4, front., fig. et pl. en noir et en couleurs, *brochés*, couv.

550. MIGNARD (R.). Guide des Constructeurs. Traité complet des connaissances théoriques et pratiques relatives aux Constructions par R. Mignard. Sixième édition augmentée par A. L. Cordeau. *Paris, E. Lévy, s. d.* 2 vol. in-4 de texte et un vol. in-fol. d'atlas de 90 pl., cart.

On y joint : La Villa moderne par Th. Bourgeois. 100 planches donnant les plans, façades et devis détaillés de cent maisons. *Paris, s. d.*, in-8, *broché*, couv.

551. MOLIÈRE. Œuvres complètes de Molière, revues sur les textes originaux par Adolphe Regnier, membre de l'Institut. *Paris, Imprimerie nationale*, 1878, 5 vol. in-4, *brochés*, couv.

552. MONNIER (Henry). Les Bas-fonds de la Société. *Paris, J. Claye*, 1862, in-8, cart. vélin, *non rogné*. (*Cartonnage original.*)

Tiré à 200 exemplaires. Frontispice de *Rops* ajouté.

553. — Mémoires de Monsieur Joseph Prudhomme, par Henri Monnier. *Paris, Librairie Nouvelle*, 1857, 2 vol. in-12, *brochés*, couv.

ÉDITION ORIGINALE.

554. MONOGRAPHIES d'artistes, 3 vol. in-fol. et in-8, fig., demi-rel. et *brochés*.

Champfleury, Henry Monnier. *Paris*, 1879. — E. et J. de Goncourt, Gavarni. *Paris*, 1879 (PAPIER DE HOLLANDE). — H. Beraldi, Raffet.

555. MOREL DE VINDÉ. Primerose par M... el de V... dé. *Paris, Leclère fils*, 1863, in-12, fig. de Lefèvre, *broché*.

556. MUSSET (Alfred de). Œuvres de Alfred de Musset. —

Biographie de Alfred de Musset par Paul de Musset. *Paris, Lemerre*, 1876-1877, 11 vol. in-12, portr., *brochés*, couv.

Exemplaire tiré sur PAPIER DE CHINE renfermant les portraits en double état.

557. MUSSET (Alfred de). Œuvres complètes d'Alfred de Musset. *Paris, A. Lemerre*, 1884-1895, 10 vol. in-4, *brochés*, couv.

Un des 50 exemplaires imprimés sur PAPIER DE JAPON.

558. NOGARET. Le Fond du Sac ou Recueil des contes en vers et en prose et de pièces fugitives. *Paris, Leclère*, 1866, in-8, fig., *broché*, couv.

PAPIER DE HOLLANDE. On a ajouté plusieurs *eaux-fortes*.

559. NORMANDIE (Ouvrages sur la). *Rouen*, *Paris*, etc., XVIIe siècle — 1884, 16 vol. et brochures in-8 et in-12, fig., cart. et brochés.

Divers plans et vues de villes normandes par J. Gomboust. — H. Langlois, Essai sur les Enervés de Jumièges. — Baratte, Les Normands illustres. — E. de Magny, Nobiliaire de Normandie, etc.

560. — Ouvrages sur la Normandie. *Rouen, Amiens*, etc., 1870-1883, 4 vol. in-4, in-8 et in-12, fig., cart. et *brochés*.

Ris-Paquot, Histoire des Faïences de Rouen. — Rouen illustré. — G. Le Breton, Le Musée céramique de Rouen. — Regnard, Voyage de Normandie, 1882 (Japon).

561. OHNET (Georges). Les Batailles de la Vie. *Paris, Ollendorff*, 1883-1885, 3 vol. in-18, portr., *brochés*, couv.

La Comtesse Sarah. — Lise Fleuron. — La Grande Marnière.
ÉDITIONS ORIGINALES. Exemplaires imprimés sur PAPIER DE HOLLANDE.

562. — Les Batailles de la Vie. *Paris, Ollendorff*, 1886-1889, 3 vol. in-18, *brochés*, couv.

Les Dames de Croix-mort. — Volonté. — Dernier amour.
ÉDITIONS ORIGINALES. Exemplaires imprimés sur PAPIER DE HOLLANDE.

563. — Les Batailles de la Vie. *Paris, Ollendorff*, 1889-1891, 2 vol. in-18, *brochés*, couv.

Le Docteur Rameau. — Dette de Haine.
ÉDITIONS ORIGINALES. Exemplaires imprimés sur PAPIER DE HOLLANDE.

564. — Les Batailles de la Vie. *Paris, Ollendorff*, 1892-1899, 3 vol. in-18, *brochés*, couv.

Nemrod et Cie. — Le Lendemain des Amours. — Au Fond du Gouffre.
ÉDITIONS ORIGINALES. PAPIER DE HOLLANDE.

565. — Le Maître de Forges. *Paris, Ollendorff*, 1882, in-18, *broché*, couv.

ÉDITION ORIGINALE. Un des 25 exemplaires imprimés sur PAPIER DE HOLLANDE.

566. OHNET (Georges). Serge Panine. *Paris, Ollendorff*, 1881, in-18, *broché*, couv.

ÉDITION ORIGINALE. Envoi d'auteur.

567. OPÉRA de Paris. *Paris*, 1871-1881, 7 vol. in-8 et in-12, fig., *brochés*.

Ch. Nuitter, le Nouvel Opéra. — A. Royer, Histoire de l'Opéra. — E. Boysse, les Abonnés de l'Opéra. — Garnier, le Théâtre, etc.

568. OUVRAGES divers. 7 vol. in-8 et in-12, *brochés*, couv.

Le Sage. Histoire de Gil-Blas, 1825, 3 vol. — Théâtre de Sedaine. — Facéties de Pogge, 2 vol. — Maximes de La Rochefoucauld.

569. — Ouvrages divers. 10 vol. in-8 et in-12, *brochés*, couv.

Méry. Histoire des Proverbes, 3 vol. — V. Hugo. Torquemada. — F. Coppée. Severo Torelli. — Nouveau Recueil de Farces françaises, etc.

570. — Ouvrages divers. 7 vol. in-12, demi-rel. et *brochés*, couv.

Glatigny. Le Jour de l'An d'un Vagabond, 1870. — E. Daudet. Fleur de Péché, 1872 (PAPIER VERGÉ). — Œuvres de C. Tillier, 4 vol. — Rochefort. Petits Mystères de l'Hôtel des Ventes.

571. — Ouvrages divers. 5 vol. in-8, *brochés*, couv.

Lamathière. Panthéon de la Légion d'Honneur, 3 vol. — Lacroix. Duchesne et Séré. Histoire des Cordonniers. — Statuts et Documents relatifs aux Tapissiers, de 1258 à 1875.

572. PARIS (Ouvrages divers sur). *Paris*, 1855-1888, 10 vol. in-4, in-8 et in-12, cart. et *brochés*.

Paris et ses fortifications par Eug. Ténot. — Quillet Saint-Ange. Le Camp retranché de Paris. — Henry Houssaye. Le Premier Siège de Paris. — Le Guide Foncier, cours de la Propriété foncière de 1866 à 1885. — Origines et histoire des Restaurateurs et limonadiers de Paris par J. Forin. — Guides et plans de Paris, etc.

573. — Ouvrages divers sur Paris. *Paris*, 1890-1900, 4 vol. in-4 et in-8, pl., cart. et *brochés*.

La Seine, par Louis Barron. *Paris*, 1890, in-8. — Gustave Geffroy. La Peinture au Louvre. *Paris, s. d.*, in-4, cart. — Paris-Atlas. *Paris, Larousse, s. d.*, in-4, cart. — La France du Nord, par Ch. Brossard. *Paris, Flammarion*, 1900, in-8, demi-rel.

574. PAUQUET. Modes et Costumes historiques dessinés et gravés par Pauquet frères d'après les meilleurs maîtres de chaque époque et les documents les plus authentiques. *Paris, s. d.* (*vers* 1865), in-4, demi-rel. dos et coins de mar. rouge, têt. dor., *non rogné*.

96 planches de costumes lithographiées en couleurs. Jolie collection.

575. PERROT et MONIN. Atlas pittoresque du département de la Seine comprenant les 48 quartiers de la ville de Paris

et des 2 arrondissements de Sceaux et de St-Denis. *Paris*, 1836, in-4, pl., demi-rel. dos et coins de chagrin vert.

On y joint : Portes de l'enceinte de Paris sous Charles V par A.-A. Guillaumot. *Paris*, 1879, in-4, pl., *broché*.

576. PEYRE (Roger). Napoléon Ier et son temps. Histoire militaire, gouvernement intérieur, lettres, sciences et arts. *Paris, Firmin Didot et Cie*, 1888, gr. in-8, fig., *broché*, couv.

Ouvrage illustré de nombreuses planches en noir et en couleurs.

577. PORTALIS (Bon) et H. BERALDI. Les Dessinateurs d'Illustrations au XVIIIe siècle. *Paris*, 1877, 2 vol. in-8, front. — Les Graveurs du XVIIIe siècle. *Paris*, 1880-1882, 3 vol. in-8. Ensemble 5 vol. in-8, *brochés*, couv.

Envoi de l'éditeur.

578. PRÉCIS des huit premiers grades, ornés de discours et d'histoires allégoriques, relatifs au respectable Ordre de la Franc-Maçonnerie. *S. l. n. d.*, in-4, mar. rouge, dos orné, dent., tr. dor. (*Rel. anc.*)

Manuscrit sur papier, de la fin du dix-huitième siècle Il est orné d'un grand nombre de dessins à la plume coloriés. Jolie reliure.

579. PRIÈRES et Oraisons pour la Confession et Communion. *S. l. n. d.*, in-18, mar. rouge, dos orné, dent., doublé de tabis, tr. dor. (*Rel. anc.*)

Manuscrit sur papier.

580. PUGIN. Paris and its Environs, displayed in series of two hundred picturesque Views, from original drawings taken under the direction of A. Pugin, esq. The engravings executed under of the surintendance of Mr Heath. *London*, 1831, 2 tomes en un vol. in-4, fig., demi-rel. dos et coins de mar. vert, tête dor., *non rogné*.

100 planches à 2 sujets tirées sur CHINE.

581. QUENTIN-BAUCHART (Ernest). Les Femmes Bibliophiles de France (XVIe, XVIIe et XVIIIe siècles) par Ernest Quentin-Bauchart. *Paris, D. Morgand*, 1886, 2 vol. in-8. fig. d'armoiries et pl. de reliures, *brochés*, couv.

582. RAMBERT (Eug.) et L.-P. ROBERT. Les Oiseaux dans la Nature. Description pittoresque des oiseaux utiles. Ouvrage publié sous la direction de M. D. Lebet. Soixante planches en couleurs, 30 gravures sur bois hors texte et 122 gravures dans le texte d'après les aquarelles et les dessins de Leo Paul Robert. *Paris, D. Lebet, s. d.*, in-fol., pl., cart. toile, fers spéciaux. (*Magnier.*)

583. REVUE du Notariat et de l'Enregistrement. *Paris*, 1861-1903. — Répertoire de la Revue du Notariat, 1861-1895. —

Collection des Observations pratiques publiée par la Revue du Notariat. *Paris*, 1869. Ensemble 50 vol. in-8, demi-chagrin vert, tr. jaspée.

Collection bien complète jusqu'à octobre 1903. L'année 1903 est en livraisons.

On y joint : *L'Encyclopédie du Notariat, publiée sous la direction de M. Ch. Lansel*. Paris, 1879-1898, 24 vol. in-8, demi-rel. chagrin vert.

584. ROY (Jules). Turenne, sa vie, les institutions militaires de son temps par Jules Roy. *Paris, Hurtrel*, 1884, in-8, portr. et fig. en noir et en couleurs, *broché*, dans un carton.

Un des 15 exemplaires imprimés sur PAPIER DU JAPON.

585. RUBENS. Galerie de Rubens, dite du Luxembourg ; ouvrage composé de vingt-cinq estampes, avec l'explication historique et allégorique de chaque sujet. *Paris, Le Roi*, 1846, in-fol., portr. et pl., demi-rel. dos et coins de mar. vert., tête dor., éb.

586. SAINT-HILAIRE (Emile Marco de). Souvenirs intimes du temps de l'Empire par Emile Marco de Saint-Hilaire. Edition illustrée de nombreuses gravures par les principaux artistes. *Paris, Garnier frères*, 1869, 6 part. en 3 vol. in-8, portr. et fig., demi-rel. mar. vert, dos plat orné, tête dor., *non rognés*, couv. (*Rousselle*.)

587. SAND (George). Les Beaux Messieurs de Bois-Doré par George Sand. *Paris, Cadot*, 1859, 5 vol. in-8, *brochés*, couv.

ÉDITION ORIGINALE.

588. — Les Maîtres Sonneurs par George Sand. *Paris, A. Cadot*, 1854, 4 vol. in-8, *brochés*, couv.

ÉDITION ORIGINALE.

589. SÉVIGNÉ (Mme de). Lettres de Madame de Sévigné, de sa famille et de ses amis. Recueillies et annotées par M. Monmerqué. Nouvelle édition revue sur les autographes, les copies les plus authentiques et les plus anciennes impressions. — Lettres inédites de Mme de Grignan, sa fille, publiées par Ch. Capmas. *Paris, Hachette*, 1862-1876, 16 vol. in-8 et un album in-4, demi-rel. mar. rouge, tr. peigne. (*Bertrand*.)

De la collection des *Grands Ecrivains*.

590. SHAKESPEARE. Œuvres complètes de W. Shakespeare, traduites par François Victor-Hugo. *Paris, Lemerre, s. d.*, 14 vol. in-12, front., *brochés*, couv.

591. TABLEAUX de la Révolution française. *Amsterdam, Allart*, 1794-1807, 2 vol. in-8, pl. et portr., cart., éb.

Suite de 25 titres gravés, 77 planches (scènes de la Révolution française) et 76 portraits des personnages célèbres de cette époque.

592. THÉATRES. *Paris*, 1874-1883, 12 vol. in-8 et in-12, fig., *brochés* et en *livraisons*.

Almanach des Spectacles, 9 vol. — F. Sarcey, Comédiens et Comédiennes. — Les Premières illustrées. 41 livraisons, etc.

593. VACHON (Marius). Les Arts et les Industries du Papier en France par Marius Vachon. 1871-1894. *Paris, May et Motteroz*, 1894, in-4, fig. en noir et en couleurs, demi-rel. dos et coins de mar. rouge, dos orné en mosaïque, tête dor., *non rogné*.

594. VADÉ. La Pipe cassée. Poème. *Paris, Th. Belin*, 1882, pet. in-8, fig. de Mesplès, *broché*, couv.

Exemplaire sur Papier du Japon, avec les tirages à part sur Japon.
On y joint : La Pipe cassée. *Paris, Leclère*, 1866, in-8, vignettes, *broché*, couv. (Avec le tirage à part).

595. VITU (Aug.). Paris, 450 dessins inédits d'après nature. *Paris, Quantin, s. d.* (1890), pet. in-fol., fig., cart., tête dor., *non rogné*.

596. VOLTAIRE. Œuvres complètes de Voltaire ; avec des notes et une notice sur la vie de Voltaire. *Paris, Firmin Didot frères*, 1864-1867, 13 vol. in-8, portr. et fig., demi-rel. chagrin rouge, éb.

597. ZOLA. L'Assommoir, par Emile Zola. *Paris, G. Charpentier*, 1877, in-18, *broché*, couv.

Édition originale. Un des 75 exemplaires imprimés sur Papier de Hollande.

598. — Germinal par Émile Zola. *Paris, G. Charpentier et Cie*, 1885, in-18, *broché*, couv.

Édition originale. Un des 150 exemplaires imprimés sur Papier de Hollande.

599. — Romans. Les Rougon-Macquart. *Paris, G. Charpentier*, 1880-1883, 3 vol. in-18, *brochés*, couv.

Nana. — Pot-Bouille. — Au Bonheur des Dames.
Éditions originales. Exemplaires imprimés sur Papier de Hollande.

600. — Romans. Les Rougon-Macquart. *Paris, G. Charpentier et Cie*, 1886-1888, 3 vol. in-18, *brochés*, couv.

L'Œuvre. — La Terre. — Le Rêve.
Éditions originales. Exemplaires imprimés sur Papier de Hollande.

601. — Romans. Les Rougon-Macquart. *Paris, G. Charpentier et Cie*, 1889-1891, 2 vol. in-18, *brochés*, couv.

La Bête humaine. — L'Argent.
Éditions originales. Exemplaires imprimés sur papier de Hollande.

602. ZOLA. Romans. Les Rougon-Macquart. *Paris, Charpentier et Fasquelle*, 1892-1893, 2 vol. in-18, *brochés*, couv.

La Débâcle. — Le Docteur Pascal.
ÉDITIONS ORIGINALES. Exemplaires imprimés sur PAPIER DE HOLLANDE.

603. — Romans. *Paris, Charpentier et Fasquelle*, 1889-1894, 4 vol. in-18, *brochés*, couv.

Le Vœu d'une morte. Nouvelle édition. — La Débâcle. — Le docteur Pascal. — Lourdes.
ÉDITIONS ORIGINALES. Exemplaires imprimés sur PAPIER DE HOLLANDE.
On y joint : L'œuvre de Zola, 32 simili-aquarelles, par Lebourgeois.

604. — Les Quatre Evangiles. *Paris, Fasquelle*, 1899-1903, 6 vol. in-8, *brochés*, couv.

Fecondité, 2 vol. — Travail, 2 vol. —Vérité, 2 vol.
ÉDITIONS ORIGINALES. Exemplaires réimposés, imprimés sur PAPIER DE HOLLANDE.

605. — Les Trois Villes. *Paris, Charpentier et Fasquelle*, 1894-1898, 3 vol. in-18, *brochés*, couv.

Lourdes. — Rome. — Paris.
ÉDITIONS ORIGINALES. Exemplaires imprimés sur PAPIER DE HOLLANDE.
On y joint : A propos de Lourdes. *Lyon, Société des Amis des Livres*, 1894, in-18. (Tiré à 41 ex.).

III. — LITHOGRAPHIES DIVERSES.

606. ADAM (Victor). Nouvel abécédaire en Enigmes par V. V. Adam. *Paris, London et New-York, s. d.*, in-4, pl., demi-rel. mar. rouge, tête dor., *non rogné*.

Titre, table et 26 lithographies.

607. ALBUMS de caricatures, 6 vol. in-4 et in-8, cart. et *brochés*.

L'Album, les Maîtres de la Caricature. — Grévin, Les Filles d'Ève. — Job, le Grand Napoléon des petits enfants. — A. Dayot, les Maîtres de la Caricature. — La Diligence de Ploermel, etc.

608. AVENTURES du Vte de la Linotière, lion féroce, par Archélaüs Niger. *Paris, s. d.*, in-fol., *en feuilles*.

31 lithographies coloriées.

609. BALS masqués de Paris. *Paris, Martinet, s. d.*, 2 vol. in-4, demi-rel.

Suite de 274 lithographies coloriées, par *E. Lorsay, Bertrand, Lassalle, Ed. Morin*. Planches numérotées 1 à 274. Manque la planche 4.

610. — Bals masqués de Paris. *Paris, Hautecœur, Martinet, Aubert, etc., s. d.*, in-4, pl., demi-rel. dos et coins de mar., tête dor., *non rogné*.

Recueil de 187 planches de costumes coloriées, dessinées par *Sorel, Vernier, Lacauchie*, etc. Reliure peinte.

611. BEAUMONT (Ed. de). Albums charivariques. *Paris, bureau du Charivari et Martinet (lith de Destouches)*. s. d., 3 vol. in-4, pl., demi-rel. chagrin vert.

Nos Jolies Parisiennes. — *Au Bal masqué*. — *Croquis d'été*. — *Canotiers et Canotières*. — *Ces petites dames*. — *Croquis Parisiens*, etc.

Ces trois albums renferment ensemble 220 lithographies, dont 2 titres, qui sont en grande partie l'œuvre de *Ed. de Beaumont*; quelques-unes sont cependant signées de *Andrieux, Vernier, Grévin*, etc.

612. BOILLY. Grimaces. 11 lithographies coloriées.

On y joint : l'*Économie politique*, lithographie en largeur coloriée. Ensemble 12 pièces.

613. BORET (A. de). La Légende Malboroug (*sic*) par A. de Boret. *Paris, Cadart et Luquet, s. d.*, in-fol., pl., demi-rel. chagrin vert.

Titre et 20 planches à l'eau-forte.

614. CARICATURES anti-cholériques. *Paris, s. d.*, in-4 oblong, *en feuilles.*

Suite de 17 lithographies coloriées (Nos 1 à 17). Plusieurs pièces sont signées *Traviès, N.* (*Numa*), etc. Mayeux est représenté dans quelques-unes de ces figures assez légères.

615. CARICATURES diverses par Scheffer, Bouchot, Pigal, Gavarni, Daumier, etc., in-4, *en feuilles.*

80 lithographies coloriées.

616. — Caricatures diverses par Gavarni, Vernier, Charlet, etc. 120 pièces, in-4, *en feuilles.*

617. CARICATURISTES modernes. *Paris, Simonis-Empis et Piazza*, 1897-1903, 10 vol. in-12, fig., *brochés.*

F. Bac: Les Maîtresses, Les Amants, Petites Folies. — Huard : Province. — Gerbault : Ach'tez-moi joli-blond!, Bonjour M'sieurs Dames. — Steinlen : Dans la Vie. — Willette : Œuvres choisies (demi-rel.), etc.

618. CHAM. Albums de Cham. 7 albums in-4, cart. de l'éditeur.

Les Madeleines, Turlupinades, Les Toqués du Jour, Mr Papillon, Paris à Bruxelles. En Italie. Au diable les Domestiques. Lithographies coloriées.

619. — Albums de Cham. 15 vol. in-4 et in-8, cart. et *brochés.*

Actualités, Les Tortures de la Mode, Tribulations des Bains de mer d'Ostende, Nouveaux Voyages, Au Diable les domestiques, Albums saugrenus, Calembourgs en Actions, Un génie incompris, etc.

620. — Albums de Cham. *Paris*, 1848-1876, 68 plaquettes in-4, *brochées.*

Proudhoniana, Chassepotiana, Les Grimaces du Jour, Cascadeurs et Cascadeuses, Fariboles, Un peu de tout, Cocasseries du jour, Exposition de Londres, Salons, etc.

621. CHARLET. Croquis à la manière noire. Sujets philosophiques, populaires, moraux et militaires, dédiés à Béranger par Charlet. *Paris, Gihaut frères*, (*lith. de Villain*), 1840, in-fol., cart., fers spéciaux.

17 planches lithographiées.

622. DAUMIER. Album comique (Les Canotiers Parisiens, Les Baigneurs). *Paris, s. d.*, in-4, *broché*, couv.

27 planches lithographiées.

623. — Album comique (Émotions parisiennes). Par Daumier. *Paris, Aubert et C, s. d.*, in-4, *broché*, couv.

23 planches lithographiées.

624. — Album comique (Tout ce qu'on voudra), par Daumier. *Paris, Aubert et Cie, s. d.*, in-4, *broché*, couv.

20 planches lithographiées et coloriées.

625. DAUMIER. Histoire ancienne. *Paris, Aubert et Cie, s.d.* (*vers* 1840), in-4, demi-rel. du temps.

Suite de 47 planches (sur 50). 45 sont coloriées et 2 ont le texte au verso.

626. — Plaisirs de l'Eté (Tout ce qu'on voudra), par H. Daumier. *Paris, Aubert et Cie, s. d.*, in-4, *broché*, couv.

25 planches lithographiées.

627. — Les Représentants représentés, par Daumier. *Paris, Aubert et Cie, s. d.* (1848), in-4, cart. original.

20 planches lithographiées.

628. — [ROBERT MACAIRE. Galerie morale des voleurs, spéculateurs, dupeurs, tireurs, enfonceurs, blagueurs divers que nous rencontrons dans Paris, par Daumier et Philipon]. *Paris, Aubert, s. d.* (1836-1838), in-4, demi-rel. du temps.

Collection complète, composée de cent planches coloriées, dessinées par *H. Daumier*, avec une légende par *Ch. Philipon*. Très rare.
Belles épreuves d'ancien tirage et d'ancien coloris.

629. — Collection Miniature des Caricatures de Robert Macaire par MM. Daumier et Philipon. *Paris, Aubert, s. d.*, in-12, fig., demi-rel.

60 figures coloriées (manque la pl. 59).

630. — Lithographies diverses, in-4, *en feuilles.*

29 lithographies coloriées : *Les Gens de Justice, Les Beaux jours de la Vie, Les Papas, Les Musiciens de Paris*, etc.

631. — Lithographies diverses, in-4, *en feuilles.*

41 lithographies coloriées : *Les Bons Bourgeois, Pastorales, Proverbes et Maximes, Physionomies tragiques*, etc.

632. — Lithographies diverses, in-4, *en feuilles.*

60 planches lithographiées : *Pastorales, Croquis d'Été, les Beaux Jours de la Vie, Types parisiens*, etc.
2 planches sont AVANT LA LETTRE, avec la légende manuscrite.

633. — Lithographies diverses, in-4, cart. et *en feuilles.*

Les Représentants représentés, 61 pl. *Physionomie de l'Assemblée*, 30 pl. Ensemble 91 planches, dont 21 en couleurs (Quelques doubles).

634. DAUMIER (H.) et VERNIER. Actualités. *Paris, Aubert et Cie, s. d.*, in-4, *en feuilles.*

99 planches lithographiées dont 30 sont coloriées (Quelques doubles).

635. DORÉ. Les Travaux d'Hercule, par G. Doré. *A Paris, chez Aubert et Cie, s. d.* (1847), in-8 oblong, cart.

Titre-frontispice, avis de *l'éditeur Aubert* : « Les travaux d'Hercule ont été composés, dessinés et lithographiés par un artiste de quinze ans, qui s'est appris le dessin sans maître... ». 46 pl. lithographiées à la plume et une page d'annonces.

636. DORÉ. Trois Artistes incompris et mécontents. Leur voyage en province.... et ailleurs !! Leur faim dévorante et leur déplorable fin. Par Gustave Doré. *Paris, chez Aubert et Cie*, *s. d.*, in-4, fig., cart. (*Cartonnage original.*)

Titre et 25 planches lithographiées.

637. FORAIN. La Comédie Parisienne. Deux cent cinquante dessins par J. L. Forain. *Paris, Charpentier et Fasquelle, et L. Conquet*, 1892, in-8, *broché*, couv.

Un des 100 exemplaires tirés sur PAPIER DE CHINE pour la *Librairie Conquet*.

638. — Doux Pays, 189 dessins. *Paris, Plon, Nourrit et Cie*, 1897, in-12, fig., *broché*, couv.

Un des 100 exemplaires imprimés sur PAPIER DE CHINE.

639. — La Vie. *Paris, F. Juven, s. d.*, in-4, pl., *broché*, couv.

Un des 50 exemplaires imprimés spécialement pour la *Librairie Conquet*, sur PAPIER DE CHINE, avec deux états des lithographies, en noir et coloriées.

640. GAVARNI. Le Carnaval. *Paris, impr. d'Aubert et Lemercier, s. d.* (*vers* 1840), in-4, demi-rel.

Suite de 50 planches lithographiées sur PAPIER DE CHINE, en très belles épreuves.
On a ajouté 4 pl. du même artiste.

641. — Les Coulisses. *Paris, Aubert, s. d.*, in-4 obl., *en feuilles*.

Suite complète de 31 lithographies.

642. — Les Débardeurs par Gavarni. *Paris, impr. d'Aubert et Cie, s. d.*, in-4, demi-rel.

Suite complète de 66 lithographies du PREMIER TIRAGE.
Cassures à plusieurs planches.

643. — Fourberies de Femmes (1re série). *Paris, Aubert et Cie, s. d.* (1837), in-4, pl., demi-rel. du temps.

Suite de 12 planches lithographiées et coloriées.
Le même volume renferme 19 planches lithographiées et coloriées des *Mœurs Conjugales* de *Daumier*.
Ensemble, 31 planches.

644. — Keapsake des Enfants pour 1840, 12 jolis dessins par Gavarni. *Paris, Beauger et Cie, lith. Rigo frères et Coulon, s. d.* (1840), in-4, fig., *en feuilles*.

Suite complète de 12 lithographies, *Etudes d'Enfants*, dans la couverture de publication. Rare.

645. — Masques et Visages. *Paris, Paulin et Lechevalier*, 1857, in-12, fig., *broché*, couv.

646. GAVARNI. Œuvres choisies de Gavarni, revues, corrigées et nouvellement classées par l'auteur. Etudes de mœurs contemporaines. Les Enfants terribles. Les Lorettes. Les Actrices. Le Carnaval à Paris, etc. *Paris, Hetzel*, 1846-1848, 4 vol. gr. in-8, fig., *brochés*, couv.

Premier tirage.

647. — Œuvres nouvelles de Gavarni. Par-ci, par-là et Physionomies parisiennes. 100 sujets. *Paris, Aug. Marc, s. d.*, in-fol., cart. de l'éditeur, tr. dor.

Premier tirage.

648. GRANDVILLE. Le Dimanche d'un bon bourgeois ou les tribulations de la petite propriété. *Paris, s. d.*, in-4, demi-rel.

12 lithographies coloriées.

A la suite, 12 lithographies diverses de *Grandville*, dont les *Breuvages de l'homme*, 7 pl.

Ensemble 24 planches.

649. — Les Métamorphoses du Jour, par Grandville. *Paris, Aubert et Cie*, *s. d.* (1836), 2 vol. in-4, cart. de l'éditeur.

Seconde édition des *Métamorphoses du Jour*, comprenant un titre et 71 planches.

Épreuves en double état : en noir et coloriées.

650. — Caricatures diverses, 5 pl. noires et coloriées.

Ce n'est pas une chambre c'est un chenil (avant la lettre) : Grande Course au Clocher académique, 3 pièces, etc.

651. LAMI (Eug.). Agréments de la Vie de Château. *Paris, H. Gache, s. d.*, in-4 obl., *en feuilles*.

Suite complète de 20 lithographies coloriées.

652. — Les Contretems. *Paris, Gide fils*, (*lith. de Villain*). 1824, in-4 obl., demi-rel. dos et coins de veau fauve, dos orné. (*Champs.*)

Suite complète de 24 jolies lithographies coloriées.

653. — Les Six Quartiers de Paris. *Paris, Lith. de Delpech, s. d.* (1827), in-4 obl., *en feuilles*.

6 planches lithographiées et coloriées.

654. — Tribulations des Gens à équipages par Eug. Lami. *Paris, Delpech*, 1827, in-4 obl., *en feuilles*.

6 planches lithographiées et coloriées.

655. LAMI et MONNIER. Voyage en Angleterre, par E. Lami et H. Monnier. *Paris, Didot et Lami Denozan*, 1829-1830, en 4 *livraisons* in-fol.

25 lithographies coloriées de *Monnier* et *Lami* et 4 ff. de texte. Rare. Couvertures conservées. Très belle condition.

656. LEPRINCE (Xavier). Inconvéniens d'un Voyage en diligence par Xavier Leprince. *Paris, Engelmann et Langlumé*, 1826, in-4 oblong, *en feuilles*.

12 planches lithographiées et coloriées dans la couverture de publication.

657. LEVILLY. Fables choisies de La Fontaine, mises en action, et lithographiées par Levilly. *Paris, Dauty*, 1829, in-4 obl., *dérelié*.

Titre et 12 lithographies coloriées.

658. MONNIER (Henry). Boutiques de Paris. *Paris, Delpech, s. d.*, in-4 obl., *en feuilles*.

Suite complète de 6 lithographies coloriées.

659. — Cochers. *London et Paris*, 1825, in-4, *en feuilles*.

3 lithographies coloriées : Cocher français, Cocher anglais, les Cochers.

660. — L'Espionne, comédie-vaudeville en trois actes. Costumes de la pièce dessinés d'après nature par Henry Monnier. *Paris, Ardit et Gaugain*, 1829, in-8, *en feuilles*, couv.

Suite complète de 6 lithographies coloriées.
On y joint : *Répertoire du Théâtre de Madame*, 4 lithographies coloriées, dans leur couverture, et 4 pl. du même artiste, portraits d'acteurs.
Ensemble 14 planches.

661. — Esquisses parisiennes par Henry Monnier. *Paris, Delpech, s. d.*, in-4 obl., *en feuilles*.

Suite complète de 10 lithographies en couleurs. Manque la pl. 2.

662. — Galerie Théâtrale. *Paris, H. Gaugain et Cie, s. d.*, in-4, *en feuilles*.

24 planches lithographiées et coloriées dans la couverture de publication. Manque la pl. 23.

663. — Les Grisettes dessinées d'après nature. *Publié par H. Gaugain et Ardit. Paris, s. d.*, in-4, *en feuilles*.

Suite de 8 (sur 12) lithographies, dont 7 coloriées, dans la couverture de publication.

664. — Les Grisettes, leurs mœurs, leurs habitudes, leurs bonnes qualités, etc., dessinées d'après nature par H. Monnier. *Paris, Giraldon Bovinet*, 1828, in-4, *en feuilles*.

Suite de 36 (sur 42) lithographies coloriées dans la couverture de publication. Belles épreuves à toutes marges.

665. — Les Grisettes. *Paris, Delpech*, (1829), in-4 obl., cart.

Suite complète de 6 lithographies en travers, coloriées. Très rare.

666. — Impressions de Voyage. *Paris, impr. d'Aubert et Cie, s. d.* (1839), in-4 obl., *en feuilles*.

Suite complète de 6 lithographies coloriées. Manque la pl. 5.

667. **MONNIER (Henry).** Modes et Ridicules. *London, lith. by Clark et C°*, 1825, in-8, *en feuilles*.

Suite publiée sans titre comprenant 8 planches lithographiées et coloriées, avec légendes en anglais. Très rare.
Chaque planche porte un envoi de l'auteur à M. Delacroix.

668. — Mœurs administratives. *Paris, Delpech, s. d.* (1828), in-4, *en feuillles*.

Suite complète de 6 lithographies coloriées en hauteur. Très grandes marges.

669. — Mœurs parisiennes. *Paris, Gihaut frères, s. d.* (1827), in-4 obl., *en feuilles*.

Très belle suite de 10 lithographies coloriées. Belles épreuves à toutes marges.

670. — Pasquinades. *Paris, lith. Delarue*, 1830, in-fol., *en feuilles*.

6 lithographies en noir ou coloriées (une est en triple épreuve).
On y joint 9 lithographies coloriées, sujets politiques. Ensemble 15 pièces.

671. — Passe-Temps. *Paris, Delpech, s. d.*, in-4, *en feuilles*.

Suite complète de 6 lithographies coloriées. Très grandes marges.

672. — Récréations du cœur et de l'esprit, dessinées d'après nature par Henry Monnier. *Paris, Giraldon-Bovinet*, 1827, in-4 oblong, cart.

Titre et 36 lithographies coloriées.
A la suite, 32 lithographies : *Paris vivant*, 20 pl. ; *Rencontres parisiennes*, 12 pl.
Ensemble 68 planches.

673. — Rencontres parisiennes. Macedoine pittoresque croquée d'après nature.... par Henry Monnier. *Paris, Gihaut frères, s. d.*, in-4 obl., cart

20 lithographies coloriées. Cartonnage original.

674. — Suite de 14 planches lithographiées, publiées sans titre. *Paris, lith. de Delpech, s. d.*, in-4, *en feuilles*.

14 lithographies coloriées à deux sujets par planche sauf une qui n'en a qu'un. 4 planches forment la serie des *7 Péchés capitaux*, et les deux dernières sont sans numéros.
Epreuves à toutes marges.

675. — Suite sans titre. *Paris, lith. de Delpech, s. d.*, pet. in-4 obl., *en feuilles*.

Suite complète de 6 lithographies coloriées : *La lecture du Journal, Dilettanti, Idée riante*, etc.

676. — Le Temps. *Paris, Giraldon Bovinet* (*lith. de Bernard*), *s. d.*, in-4, *en feuilles*.

6 planches lithographiées et coloriées.

677. MONNIER (Henry). Vues de Paris. *Paris, lith. de Delpech, s. d.*, in-4. obl., *en feuilles.*

Suite complète de 4 lithographies coloriées.

678. — Lithographies diverses, in-4 et in-12, *en feuilles.*

30 lithographies coloriées. 7 portent la légende et la signature autographes d'*Henry Monnier.*

679. — Lithographies diverses, *en feuilles.*

60 lithographies en noir, beaucoup AVANT LA LETTRE. Plusieurs portent les légendes manuscrites de l'artiste.

680. — Autographes de Henry Monnier, *en feuilles.*

1° *L'Esprit des Campagnes* (scène paysanne), 3 pp. in-fol. signé et daté 1875.

2° Quatre lettres autographes signées, datées 1836, 1841 et 1863. Dans l'une d'elles, il parle du *Roman chez la portière.*

3° Les Métamorphoses de Chamoiseau, comédie de H. Monnier, 1856, in-8. Envoi autographe signé.

681. MORISSEAU (E.). Variétés de l'espèce. *Paris, Aubert, s. d.*, in-4, *en feuilles.*

Suite de 6 lithographies coloriées.

682. MORNER. Scènes populaires de Naples, par Morner. *Napoli, s. d.* (*vers* 1825), in-fol., *en feuilles.*

12 lithographies coloriées.

683. PIGAL. Recueil de Scènes de Société par Pigal. *Paris, Martinet et Gihaut, lith. de Langlumé, s. d.*, in-fol., demi-rel. dos et coins de mar. brun, tête dor., éb.

Suite complète d'un titre et 50 lithographies coloriées. Une planche double (n° 14) différente. Ensemble 51 planches.

On a relié à la suite : *Médailles ou Contrastes,* par Pigal, 19 planches (sur 24) lithographiées et coloriées.

Ensemble 70 planches.

684. PIGAL, PAJOU et ARAGO. Proverbes de Pigal, Pajou et Arago. *Paris, lith. de Langlumé, s. d.*, in-4, demi-rel. du temps.

Suite de 65 planches lithographiées et coloriées.

685. RAFFET. Dessins faits d'après nature au Siège de la Citadelle d'Anvers par Raffet. *Paris, Gihaut frères, s. d.* (1833), in-fol., demi-rel. dos et coins de mar. brun, dos orné, tête dor. (*Durvand.*)

Suite complète de 24 lithographies sur blanc et sur CHINE. 2 couvertures de livraisons conservées.

686. — Expédition de Rome. *Paris, Gihaut, s. d.* (1850-1859), in-fol., *en feuilles.*

Suite complète de 36 lithographies dont un titre, épreuves sur CHINE.

687. — Prise et Retraite de Constantine. *Paris, Gihaut, s. d.*

(1837-1838), in-fol., demi-rel. dos et coins de mar. brun, dos orné, tête dor., *non rogné.* (*Durand.*)

Suites complètes de 18 sujets lithographiés, épreuves sur CHINE. Couverture de la *Retraite de Constantine* conservée.

688. ROEDEL. Fantaisies sur les Mois, dessinées et lithographiées par Roedel. *Paris, impr. Belfond*, 1895, in-4, *en feuilles*, couv., dans un carton.

Couverture et 12 lithographies.
Tiré à 100 exemplaires. Affiche illustrée de publication conservée.

689. SCHARLES (Hermann). Le Beau Nick. Conte fantastique allemand par Hermann Scharles. *Paris, chez Aubert et Cie*, *s. d.*, in-4. obl., fig., cart. illustré.

Titre et 28 lithographies coloriées.

690. SCHEFFER (J.-G). Ce qu'on dit et ce qu'on pense. Petites scènes du monde, par Scheffer. *Paris, Gihaut frères*, 1829, in-4 obl., demi-rel. dos et coins de mar. violet, tête dor., *non rogné.* (*Belz-Niedrée.*)

Suite complète comprenant un titre imprimé avec vignette lithographique et 60 planches lithographiées et coloriées. Très rare.
On a ajouté une épreuve différente de la lithographie qui orne le titre.
Très bel exemplaire.

691. — Le Diable boiteux à Paris, par Gabriel Scheffer. *Paris, Osterwald*, 1830, in-4 obl., *en feuilles.*

Titre et 6 lithographies coloriées.

692. TRAVIÈS (C. J.). HISTOIRE COMPLETTE DE Mr MAYEUX, dessinée par divers artistes et coloriée avec soin. *Paris, chez l'éditeur et Hautecœur-Martinet* (*lith. de Delaunois, Aubert*, etc.), *s. d.* (*vers* 1835), in-4, demi-rel. du temps.

Réunion des plus importantes de caricatures relatives à *Mayeux*. Le volume renferme 128 LITHOGRAPHIES COLORIÉES (3 sont en noir), qui sont pour la plupart l'œuvre de *C. J. Traviès*. Quelques-unes cependant sont signées de *Grandville, Philipon, Robillard* et *Delaporte*.
Toutes ces planches sont à très grandes marges et en parfait état de conservation.
Le volume contient une rare couverture sur papier jaune, avec vignette.
De la bibliothèque de Honoré DE BALZAC.

693. — Caricatures sur Mayeux. 23 gravures noires et coloriées, in-12, *en feuilles.*

694. VERNET (Carle). LES CRIS DE PARIS, dessinés d'après nature par Carle Vernet. *Paris, Delpech, s. d.*, in-4, pl., *en feuilles*, dans un carton, *non rogné.*

100 planches lithographiées et coloriées. PREMIER TIRAGE. Rare.

695. VERNIER (Ch.). Au Bal de l'Opéra. *Paris, Aubert et Cie, s. d.*, in-4, cart. toile.

Suite de 24 lithographies coloriées.

IV. — VIGNETTES POUR ILLUSTRATIONS. PORTRAITS.

696. BÉRANGER. Lithographies d'après les Chansons de Béranger, par Henry Monnier. *Publiées par Bernard et Delarue, s. d.*, in-4, obl., *en feuilles.*

Deux livraisons de 12 planches chacune, ensemble 24 lithographies coloriées d'après les dessins de *Henry Monnier.* Couvertures des livraisons conservées.

Manque : la *Bonne Vieille*, et 2 pièces sont en noir, le *Violon brisé* et *Ma Vocation.*

Onze pièces sont en double avec et sans le double filet d'encadrement.

697. — Suite de dix-huit lithographies (sur 24) par H. Monnier pour les Chansons de Béranger, in-4, *en feuilles.*

Épreuves coloriées au pinceau par *Monnier* lui-même destinées à servir de modèle aux enlumineurs. Signature de l'artiste sur chaque planche.

On y joint : 1° 14 figures de la même suite, épreuves en noir.

2° 26 lithographies de *H. Monnier*, pour les *Dernières Chansons*, épreuves coloriées.

3° Un éventail avec sujets tirés des Chansons, lithographie de *H. Monnier.*

698. — Figures diverses pour les Chansons, in-8, *en feuilles.*

1° Suite de 16 vignettes de *Grenier, Johannot*, etc. pour les *Chansons nouvelles. Paris*, 1833, 16 pièces (Complément de la suite des 87 pièces de 1828).

2° Portrait de Béranger et 3 vignettes par *Raffet* et *Charlet*, (complément de la suite de 1828-1833, 4 pièces.

3° Suite de 120 figures par *Grandville.*

4° Suite de 7 vignettes sur bois d'après *Daubigny.*

5° Frontispice par *Félicien Rops.*

699. — Figures de Lemud, Charlet, Raffet, Pauquet, etc., pour les Chansons, les Dernières Chansons et Ma Biographie. *Paris*, 1847-1860, in-4, *en feuilles.*

Très belle suite comprenant ensemble 3 portraits et 74 figures.

Épreuves AVANT LA LETTRE sur CHINE.

Il manque 10 figures à la suite des *Chansons* et le portrait de Béranger photographié ; 4 figures pour les *Dernières Chansons* ont la légende grattée. Plusieurs figures sont en épreuves d'artiste ou tirées sur blanc.

On a ajouté 20 figures en épreuves d'état et un portrait de Béranger, gravé par *Massard*, épreuve AVANT LA LETTRE.

700. BOILEAU. Suite complète de un portrait et 20 vignettes dessinés et gravés à l'eau-forte par V. Foulquier pour les Œuvres poétiques de Boileau. *Tours, Mame*, 1870, in-12 tiré in-fol., *en feuilles.*

Épreuves d'artiste tirées sur PAPIER DE CHINE appliqué.

701. CABINET DES FÉES (Suite de 120 figures dessinées par Marillier pour le). *Paris*, 1785-1789, in-8, cart.

Très jolies illustrations.

702. CHATEAUBRIAND. Gravures pour les Œuvres. *Paris, Pourrat frères*, 1836-1839, in-4, chagrin rouge, dos orné, enc. de fil. courbés avec ornements, doublures et gardes en moire verte, tr. dor. (*Simier*.)

Suite complète comprenant un portrait de l'auteur et 88 planches (dont 41 portraits) gravés sur acier, d'après *Raffet, Marckl, David, Johannot*, etc. Très belles épreuves AVANT LA LETTRE sur CHINE montées sur PAPIER VÉLIN FORT.

703. CORNEILLE. Vingt-cinq vignettes en-tête et un portrait, dessinés par Foulquier et Barrias, gravés par Valentin Foulquier pour le Théâtre. *Paris*, 1879, gr. in-8, *en feuilles*.

Épreuves sur PAPIER DU JAPON. Tirage à 100 exemplaires.

704. DENON (Vivant). Suite complète de 14 figures et vignettes par Paul Avril pour illustrer Point de Lendemain. *Paris*, 1889, in-8, *en feuilles*.

EAUX-FORTES PURES.
5 figures non terminées et dessin original à la plume du frontispice ajoutés.

705. FÉNELON. Les Aventures de Télémaque, fils d'Ulysse, gravées d'après les dessins de Charles Monnet, peintre du Roy par Jean Baptiste Tilliard. (*Paris*, 1785), in-4, pl., demi-rel. dos et coins de mar. La Vallière, dos orné, tr. dor. (*R. Petit.*)

Suite de 24 explications gravées dans des cadres ornés avec vignettes et de 72 planches dessinées par *Monnet*. Belles épreuves.

706. — Figures pour les Aventures de Télémaque, in-8, *en feuilles*.

1° Suite complète de 24 figures par *Marillier*.
2° Suite complète d'un portrait et 25 figures par *Moreau*.
3° Suite complète de 24 figures par *Lefèvre*.
4° 16 figures par *Lefèvre*, AVANT LA LETTRE.
5° Un portrait et 20 figures par *Wattier, Signol*, etc.
Ensemble 111 pièces.

707. FIEFFÉ (Eug.). Suite complète de un portrait, une vignette et 19 figures de Raffet, pour Napoléon et la Garde Impériale. *Paris, Furne*, 1859, in-fol., *en feuilles*.

Épreuves d'artiste AVANT LA LETTRE tirées en bistre.
4 figures en double AVANT LA LETTRE tirées en noir.

708. FLAUBERT (Gustave). Un frontispice et six vignettes dessinées et gravées à l'eau-forte, par Boilvin, pour Madame Bovary, in-4, *en feuilles*, dans un carton.

Belles épreuves AVANT LA LETTRE et avec marque sur PAPIER PELURE DU JAPON, à toutes marges.
Frontispice par *Cuisinier* ajouté.

709. FOË. Collection de cent cinquante gravures, représentant et formant une suite non interrompue des Voyages et Aventures surprenantes de Robinson Crusoé, dessinées et gravées par F. A. L. Dumoulin à Vevey. *Vevey, Imprimerie de Lœrtscher et fils, s.d.* (*vers* 1785), in-8, fig., demi-rel. dos et coins de mar. vert, dos orné en mosaïque, tr. dor., éb. (*Thierry succr de Petit-Simier.*)

Suite gravée sur cuivre par un amateur. Elle est peu connue et devenue très rare.

710. GESSNER. Suite complète de un frontispice, un portrait, 3 titres gravés et 72 figures dessinées par Le Barbier l'aîné pour les Œuvres de Gessner. *Paris*, 1786, en un vol. in-4, cart.

711. GOLDSCHMIDT. Illustrations to Goldschmith's Vicar of Wakefield. *London, Rimmel et fils, s. d.*, in-8, tiré in-fol., *en feuilles*, dans un carton.

Suite de 12 vignettes, épreuves sur CHINE AVANT LA LETTRE.

712. HUGO (Victor). Suite complète de figures par L. Boulanger, A. et T. Johannot, Raffet, etc., pour Notre-Dame de Paris. *Paris, Renduel,* 1836, in-8, *en feuilles.*

Épreuves sur CHINE AVANT LA LETTRE.
Un portrait et une figure de *Johannot* ajoutés.

713. ILLUSTRATIONS diverses.

1° Suite de 153 figures par *Marillier* pour la *Bible* ;
2° Suite de 12 figures de *Moreau* pour *Tom-Jones* de Fielding ;
3° Suite de 20 gravures par *de Neuville* pour les *Misérables* de V. Hugo ;
4° Suite de 8 figures de *Desenne*. pour *Gil-Blas* de Le Sage ;
5° Suite de 1 portrait et 12 figures par *Moreau* pour Racine;
6° Suite de 6 figures de *Westall* pour les *Mille et une nuits*, AVANT LA LETTRE.

714. — Illustrations diverses pour Chateaubriand et Lord Byron, etc., par Alfred et Tony Johannot, in-4, cart.

Chateaubriand, 27 pièces.— Byron, 45 pièces, dont 18 fleurons de titres. — 9 vues de châteaux. Ensemble 81 pièces AVANT LA LETTRE ou à l'EAU-FORTE.

715. — Illustrations diverses pour Walter-Scott, Lord Byron, C. Delavigne, etc., par Tony Johannot, in-8, *en feuilles*.

1° 30 gravures pour *Walter Scott* ;
2° 85 pièces pour *Walter Scott* (en collaboration avec *Desenne*. *Corbould*, etc.) EAUX-FORTES ;
3° 8 pièces pour *Casimir Delavigne*. AVANT LA LETTRE ;
4° 20 fleurons de titres pour *Lord Byron* (doubles) ;
5° 23 figures par Ch. Jacque pour *Walter Scott* ;
6° 15 vues d'Écosse.
Ensemble 181 pièces.

716. — Fumés d'illustrations de divers ouvrages. 184 pièces, *en feuilles*.

Normandie et Bretagne ; *Mémorial de Sainte-Hélène* ; *Télémaque*, etc.

717. **IMITATION** de Jésus-Christ. Dix figures dessinées par Jean-Paul Laurens gravées par Léopold Flameng pour l'Imitation de Jésus-Christ. *Paris*, 1878, gr. in-8, *en feuilles*.

Épreuves AVANT LA LETTRE sur PAPIER DU JAPON.

718. LA FONTAINE. Suite des gravures d'Eisen pour illustrer les Contes et Nouvelles en vers, collection des Fermiers-Généraux, 85 planches in-8. *Paris, Lemonnyer*, 1884, in-8, *en feuilles*, dans un carton.

719. — Vingt estampes dessinées par Fragonard et Touzé, réduites et gravées par T. de Mare, pour les Contes de La Fontaine. *Paris, Conquet*, 1881, in-8, *en feuilles*.

Épreuves AVANT LA LETTRE sur PAPIER DU JAPON.
On y joint: Suite de 26 photographies d'après les figures de *Fragonard* pour les *Contes de La Fontaine*.

720. — Figures des Contes de La Fontaine par H. Fragonard gravées par Martial. *Paris, Rouquette, s. d.*, in-fol, *en livraisons*, couv.

Épreuves AVANT LA LETTRE en bistre.
On y joint : 14 compositions complémentaires par *Martial*, épreuves AVANT LA LETTRE et 5 portraits de La Fontaine et de Fragonard.

721. — Suite d'Estampes d'après Lancret, Pater, Eisen, Boucher, etc., pour illustrer les Contes de La Fontaine, gravées au burin par Depollier aîné. *Paris, J. Lemonnyer*, 1885, in-4 oblong., pl., *en livraisons*, couv.

38 planches et 2 vignettes. Épreuves en double état : EAUX-FORTES PURES et ÉPREUVES TERMINÉES AVANT LA LETTRE sur JAPON.

722. — Suite complète de 6 titres gravés, 6 frontispices et 238 figures gravées par Fessard d'après Caresme, Desrais, Huet, Leprince, Loutherbourg et Monnet pour les Fables de La Fontaine. (*Paris*, 1765-1775), in-8, cart., *non rogné*.

723. — Suite complète d'un frontispice et 275 figures, dessinés par Oudry, gravés par Punt, Delfos et Winkeles, pour les Fables de La Fontaine. *Leyde*, 1786, in-8, cart., *non rogné*.

724. — Suite complète de 185 figures par Ransonnette, Desenne, Monnet, Couché, etc., pour les Œuvres de La Fontaine. *Paris, Nepveu, s. d.*, in-12, *en feuilles*.

Épreuves AVANT LA LETTRE, tirées sur PAPIER JONQUILLE. Quelques figures doubles pour les *Contes*, couvertes et découvertes.

725. — Figures diverses pour les Œuvres de La Fontaine, in-8, *en feuilles*.

1° Un portrait et 12 figures par *Moreau*, pour les *Fables*.
2° 12 en-têtes par *Percier*, pour les *Fables* (tirages à part).
3° 16 figures gravées par *Perdroux*, pour les *Fables*.

4° 60 figures par *Ransonnette*, *Huet*, etc, pour les *Fables*. AVANT LA LETTRE.
5° 75 figures par *Chasselat*, *Desenne*, *Monnet*, pour les *Contes*, AVANT LA LETTRE.
6° Un portrait et 8 figures par *Moreau* pour *Psyché*. Ensemble 185 pièces.

726. LAMARTINE. Illustrations pour les Œuvres. In-8, *en feuilles*.

1° 6 gravures, par *Tony-Johannot* pour *Raphaël*.
2° 5 gravures par *Tony-Johannot*, pour les *Confidences*.
3° 23 gravures et portraits pour les *Œuvres*.

727. LE SAGE. Cent figures dessinées par Bornet, Charpentier et Bertaux, pour Gil-Blas. *Paris*, 1795, en un vol. in-8, demi-rel., éb.

Jolie collection. Épreuves à toutes marges.

728. — Suite complète de vingt-quatre figures gravées d'après les dessins de Smirke pour Gil-Blas, in-4, *en feuilles*.

Belles épreuves du 1er état avec la légende en GROSSES LETTRES GRISES, tirées sur CHINE.

729. — Engravings illustrative of the Adventures of Gil Blas of Santillane, from paintings by Rob. Smirke. *London*, 1822, in-4, *en feuilles*.

Suite différente de la précédente, comprenant 24 figures de plus petite dimension. Belles épreuves AVANT LA LETTRE sur CHINE.

730. — Illustrations pour Gil-Blas, par Gavarni. *Paris*, *Chardon aîné*, in-4, *en feuilles*.

20 pièces. On y joint : Illustrations pour les *Mille et une nuits*, 20 pièces par *Gavarni*.

731. MOLIÈRE. Trente-quatre estampes pour les Œuvres, dessinées et gravées à l'eau-forte par Ad. Lalauze. *Paris*, *Morgand et Fatout*, 1876, in-8, *en feuilles* dans un carton.

Épreuves d'artiste AVANT LA LETTRE, tirées à 80 exemplaires sur PAPIER DU JAPON.

732. — Cinquante vignettes et un portrait dessinés et gravés à l'eau-forte par Valentin Foulquier pour le Théâtre choisi de Molière. *Paris*, 1877, in-8, *en feuilles* dans un carton.

Épreuves AVANT LA LETTRE sur PAPIER DU JAPON, tirées à 100 exemplaires. Avec la vignette supplémentaire de *Foulquier*. 5 portraits ajoutés.

733. — Estampes pour les Œuvres de Molière, d'après les dessins de Emile Bayard, gravées à l'eau-forte par P. Teyssonnières, Ad. Lalauze et J. Dupont. *Paris*, *Morgand*, 1879-1883, *en livraisons*, dans un carton, couv.

Suite complète de 25 eaux-fortes, épreuves AVANT LA LETTRE, sur PAPIER DU JAPON.

734. — Trente-trois estampes pour les Œuvres de Molière composées par Fr. Boucher, réduites et gravées à l'eau-forte

par T. de Mare. *Paris*, *Lefilleul*, 1881, in-fol., *en livraisons*, dans un carton, couv.

Épreuves AVANT LA LETTRE sur PAPIER DU JAPON, signées par le graveur.
On y joint : Suite d'estampes des Comédies de Molière d'après Ch. Coypel réduite et gravée par T. de Mare. *Paris, Lefilleul, s. d.*, in-fol., *en feuilles*, couv.
Épreuves AVANT LA LETTRE sur JAPON.

735. MOLIÈRE. Illustrations pour le Théâtre de Molière dessinées et gravées à l'eau-forte par Edmond Hédouin. *Paris*, *D. Morgand*, 1888, in-4, pl., *en livraisons*, couv.

Épreuves en double état : ÉPREUVES D'ARTISTE avant la lettre et avant l'encadrement et EAUX-FORTES PURES, sur PAPIER DE CHINE, signées par le graveur.

736. MUSSET (Alfred de). Suite complète de 7 portraits et 9 figures gravés à l'eau-forte par Ad. Lalauze, d'après les compositions de Bida pour les Œuvres d'Alfred de Musset. *Paris*, 1866, in-12, *en feuilles*.

PAPIER DU JAPON tiré à 20 épreuves.

737. — Illustrations pour les Œuvres d'Alfred de Musset. Aquarelles par Eugène Lami. Eaux-fortes par Adolphe Lalauze. *Paris, D. Morgand*, 1883, in-fol., *en feuilles* dans un emboitage.

Épreuves en double état sur PAPIER DE CHINE : EAUX-FORTES PURES, et épreuves d'artiste terminées avec remarques.

738. — Eaux-fortes pour les Œuvres de Alfred de Musset, gravées (par Abot, Champollion, etc.) d'après les dessins de J.-P. Laurens, Ad. Moreau, Giacomelli et Gervex. *Paris*, *D. Morgand*, 1884, gr. in-8, *en feuilles*.

PAPIER DU MARAIS.

739. OVIDE. Les Métamorphoses d'Ovide gravées sur les desseins des meilleurs peintres français par les soins des Sieurs Le Mire et Basan, Graveurs. *A Paris, chez Basan et Le Mire*, 1767-1771, in-8, front. gravé, mar. bleu, fil. à froid, bandes d'ornements et fleurons dorés, tr. dor. (*Petit.*)

Suite de un titre gravé d'après *Choffard*, une dédicace au duc de Chartres, 139 figures numérotées d'après les dessins de *Eisen*, *Moreau*, *Boucher*, *Gravelot*, *Monnet*, etc., et 1 grand fleuron dessiné et gravé par *Choffard*.
Figures en belles épreuves du PREMIER TIRAGE. Jolie reliure.

740. PORTRAITS. Assemblée Nationale. Galerie des Représentants du Peuple (1848). *Paris*, *Basset*, in-4, demi-rel. chagrin, tr. jasp.

167 portraits lithographiés sur PAPIER DE CHINE.
On y joint 18 portraits des membres de la Défense nationale

741. — Devéria (A.). Portraits de Victor Hugo et de Lamartine, lithographiés par A. Devéria. *Paris*, *lith. de Motte*, in-fol.

Belles épreuves sur CHINE.

742. PORTRAITS. Galerie de la Presse, de la Littérature et des Beaux-Arts. Directeur des dessins, M. Charles Philipon. Rédacteur en chef, M. Louis Huart. *Paris*, 1839-1841, in-4, demi-rel. chagrin rouge, éb.

147 portraits par *Gigoux*, *Devéria*, *C. Nanteuil*, etc.

743. — Galeries de portraits. 4 vol. in-8, portr. et fig., cart. et *brochés*.

Galerie des Personnages de Shakespeare. 1844. — Galeries des Femmes de G. Sand (1843) et de W. Scott (2 ex.).

744. — Gill (A.). Vingt portraits contemporains par And. Gill. Notice par Jean Richepin. *Paris, Magnier et Cie*, 1886, in-4, portr. coloriés, *en feuilles*, dans un carton.

745. — Iconographie des Contemporains depuis 1789 jusqu'à 1829. *Paris*, *Delpech*, 1833, 2 vol. in-8, portr., demi-rel. mar. rouge à grains longs, *non rognés*. (*Rel. du temps.*)

202 portraits lithographiés.

746. — Lacauchie. Galerie des Artistes dramatiques de Paris. Portraits en pied dessinés d'après nature par Al. Lacauchie, et accompagnés d'autant de portraits littéraires. *Paris*, *Marchant*, 1842, 2 tomes en un vol. gr. in-4, portr., demi-rel. veau vert, dos orné, tr. jaspée.

80 portraits lithographiés et tirés sur PAPIER DE CHINE.

747. — Panthéon charivarique. *Paris, impr. d'Aubert et Cie*, *s. d.* (*vers* 1840), in-fol., demi-rel.

100 portraits d'écrivains, d'artistes, d'acteurs, etc., lithographiés par *Benjamin* et *Lorentz*.

748. — Portraits de Bibliophiles gravés d'après les dessins, de G. Staal. *Paris, impr. Ch. Chardon*, *s. d.*, pet. in-fol., cart.

35 portraits tirés sur CHINE.

749. — Portraits de Frédéric Lemaître, Thiers par Bonnat et Massard, Dumas par J. Jacquemart, Molière par Ficquet. Ensemble 16 pièces.

750. PRÉVOST (Abbé). Suite d'un portrait et cinq figures dessinés et gravés à l'eau-forte par Ed. Hédouin, pour Manon Lescaut. *Paris*, 1874, in-8, *en feuilles*.

ÉPREUVES AVANT LA LETTRE SUR PAPIER DE HOLLANDE.

751. ROUSSEAU (J.-J.). Suite complète d'un portrait de J.-J. Rousseau gravé par Langlois d'après Degault et de 34 figures dessinées par Cochin, Monsiau, de Ghendt, etc., gravées par Choffard, Dambrun, Halbou, etc. pour les Œuvres. *Paris*, 1793-1800, in-4, demi-rel. dos et coins de mar. bleu, tête dor.

Belles épreuves AVANT LA LETTRE.

752. SAINT-PIERRE (B. de). Suites d'illustrations pour Paul et Virginie et La Chaumière Indienne, in-8, *en feuilles.*

1° Suite complète de 9 vignettes par *Corbould*, épreuves sur CHINE en double état, AVANT LA LETTRE et EAUX-FORTES ;
2° Suite complète de 6 vignettes par *Desenne*, épreuves AVANT LA LETTRE sur CHINE ;
3° Suite de 10 vignettes et un portrait par Corbould, épreuves AVANT LA LETTRE sur CHINE ;
4° 25 pièces diverses par *Moreau*, *Prudhon*, *Desenne*, etc. épreuves AVANT LA LETTRE et EAUX-FORTES.
Ensemble 60 pièces.

753. — Huit eaux-fortes dessinées et gravées par Ad. Lalauze, pour Paul et Virginie. *Paris, Conquet*, 1878, in-8, *en feuilles.*

Épreuves AVANT LA LETTRE sur JAPON.
On y joint : Quatre vignettes dessinées et gravées à l'eau-forte par *Foulquier* pour *Paul et Virginie*, épreuves AVANT LA LETTRE sur CHINE.

754. SCARRON. Le Roman Comique de Scarron. Peint par J.-B. Pater et J. Dumont le Romain, réduit d'après les gravures au burin de Surugue, Audran, Jeaurat, etc. ; par Tiburce de Mare et accompagné de notices explicatives par M. Anatole de Montaiglon. *Paris, P. Rouquette*, 1883, in-4, portr. et fig., *broché*, couv.

PAPIER DU JAPON. Épreuves en double état.

755. SCOTT (Walter). Nouvelles illustrations anglaises des Romans de Sir Walter Scott, Bart. *London, Fisher, son et Cie, et Paris, s. d.*, un tome en 2 vol. pet. in-4, demi-rel. chagrin violet, tr. dor.

Un portrait et 107 figures d'après *Cruikshank*, *Harvey*, *Davis*, *Chisholm*, *Melville*, *Richardson*, etc.

756. STERNE. Suite de cinq vignettes et un portrait pour le Voyage sentimental, dessinés et gravés à l'eau-forte par Ed. Hédouin. *Paris*, 1875, in-8, *en feuilles.*

Épreuves AVANT LA LETTRE sur PAPIER DE CHINE VOLANT.

757. THIERS. Suite de cent et une figures par Ary Scheffer, Alfred et Tony Johannot pour la Révolution française. En un vol. in-8, demi-rel.

Épreuves sur CHINE.
On y joint : Portraits des principaux personnages de la Révolution. *Paris*, 1835, in-8, *en livraisons*, 24 portraits.

758. Vignettes et portraits pour le Consulat et l'Empire. Dessins par Raffet. *Paris, Furne et Cie*, 1845, in-8, portr. et fig., demi-rel. chagrin rouge, *non rogné.*

60 gravures et portraits.
On y joint une suite de 19 portraits et gravures des personnages cités, Napoléon, Marie-Louise, etc., épreuves avant et avec la lettre.

V. — ESTAMPES.

759. BOUCHER (Fr.). La Toilette de Vénus, gravure aux crayons de couleurs par Demarteau. Encadrée.

Épreuve AVANT LA LETTRE. Grandes marges.

760. LAVREINCE. Le Retour trop précipité — Les Sabots. Deux estampes gravées par Pierron et Couché d'après Lavreince, in-fol.

Belles épreuves. La première est sans marges et doublée.

761. MEISSONIER. Le Fumeur, gravé à l'eau-forte par Meissonier, d'après son tableau. Encadré.

Belle épreuve sur Chine.

762. REMBRANDT. Rembrandt à la toque ornée d'une plume (B. 20). Belle épreuve.

763. — Jésus-Christ au Jardin des Oliviers (B. 75). Belle épreuve.

764. — Jésus-Christ en croix (B. 80). Belle épreuve.

765. — Transport de Jésus au tombeau (B. 84). Belle épreuve.

766. — Les grands Disciples d'Emmaüs (B. 87). Très belle épreuve.

767. — Les petits Disciples d'Emmaüs (B. 88). Belle épreuve.

768. — Femme nue, les pieds dans l'eau (B. 200). Belle épreuve.

769. — Menasseh-ben-Israël (B. 269). Belle épreuve.

770. — Vieillard portant la main à son bonnet (B. 259). Très belle épreuve avant que la planche n'ait été terminée par Schmidt.

771. — Le docteur Faustus (B. 270). Belle épreuve.

772. — Asselyn (J.) (B. 277). — Lutma (276). — Silvius (266). — Wtenbogard (279). Quatre pièces.

773. — Homme à bouche de travers (B. 305). Belle épreuve.

774. REMBRANDT. Adoration des bergers. — Saint Jérôme. — Baptême de l'Eunuque de la reine de Candace. — Jésus chassant les vendeurs du Temple. — Martyre de saint Jean. Cinq pièces.

775. — La Synagogue. — Homme à cheval. — Têtes de gueux. — Rembrandt dessinant, etc. Neuf pièces.

776. — Environ deux cent cinquante pièces, la plupart d'après Rembrandt. Ce lot pourra être divisé.

VI. — DESSINS.

777. ALBUM DE L'ASSOCIATION DES ARTISTES DRAMATIQUES. (*Paris*), 1841, in-fol. obl., mar. violet foncé, riches dorures, tr. dor. (*Lardière*.)

Superbe album présenté par les Membres de l'Association dramatique au baron TAYLOR leur Président.

Le volume comprend 70 feuillets avec 50 superbes aquarelles et dessins de *Viollet-le-Duc*, *Dauzats*, *Justin Ouvrié*, *Giraud*, *Henry Monnier* (aquarelle importante représentant un matelot du port de Cherbourg), *Alaux*, *Geffroy*, *Blanchard* (14 aquarelles costumes espagnols), *J. Boucher*, etc., etc., et 28 autographes de personnages célèbres au théâtre à l'époque : Victor Hugo, C. Delavigne, Dumas père, Nodier, Mlle Mars, Mlle Rachel, Talma, Le Kain, Frederick Lemaître, Grétry, Méhul, Meyerbeer, Spontini, G. Duprez, Ad. Adam, etc., etc., comprenant pièces de vers, lettres et morceaux de musique.

Très belle reliure romantique.

778. ALLONGÉ. Cours d'eau bordé de grands arbres. Dessin au crayon noir et au fusain, signé et daté 1879. Encadré.

H. 0.58. L. 0.37.

779. ANDRIEUX. Croquis à la plume, au crayon et à l'aquarelle. 18 dessins signés.

Napoléon Ier ; Jacobin et Girondin ; Membre de la Commune ; Passage de la Berézina ; Champigny, 1870 ; Retours de chasse, etc.

Vente Andrieux.

780. BELLANGÉ (Hippolyte). Le Coup d'œil de l'Aigle. Aquarelle signée et datée 1838. Encadrée.

Napoléon accompagné d'un guide et de quelques officiers dans un pays montagneux, examine au loin l'horizon. A été lithographié en couleurs.

Très belle aquarelle.

H. 0.33. L. 0.25.

781. BÉRAT (E.). J'ai retrouvé mon coutiau. Aquarelle signée des initiales, datée 1839.

Illustration de la chanson en patois normand de Frédéric Bérat, frère du dessinateur. Envoi à son ami Richard.

H. 0.22. L. 0.18.

782. BERTALL. Le Marchand de coco. Dessin au crayon noir sur un bloc de bois, signé. Encadré.

H. 0.11. L. 0.07.

783. CHARLET. Portrait en buste du Général Foy. Dessin au fusain et crayon noir, signé. Encadré.

H. 0.50. L. 0.38.

784. DAUMIER (H.). Au Tribunal. Dessin à l'encre de Chine, signé des initiales.

H. 0.14. L. 0.26.

785. DELAFONTAINE (R.). Portrait de femme assise. Dessin au crayon noir, signé. Encadré.

H. 0.80. L. 0.64.

786. DE PENNE (A.). Chiens bassets suivant une piste. Aquarelle signée. Encadrée.

Belle aquarelle.
H. 0.26. L. 0.40.

787. DESSINS divers de André Gill, Ed. de Beaumont, Fraipont, etc. 20 dessins au crayon, à la plume, à l'aquarelle et à la sépia.

788. DORÉ (G.). Mandoliniste italien. Dessin au crayon noir, signé. Encadré.

H. 0.50. L. 0.40.

789. GAVARNI. Berbach en extase devant l'objet de son adoration. Aquarelle signée. Encadrée.

Lithographie par l'artiste dans la *Correctionnelle* (*Un amour malheureux*).

790. — Lorette. Aquarelle signée. Encadrée.

H. 0.18. L. 0.15.

791. GÉRICAULT. Scènes de chasses et têtes de Chevaux. Quatre dessins au crayon noir et aux crayons de couleur, in-fol.

792. GÉROME. Portrait de Henry Monnier, dessin au crayon noir, signé.

On y joint le portrait de Monnier, dessin au crayon par *Girardet* et le même portrait lithographié par *Gavarni*.

793. GIACOMELLI (H.). L'Aigle et l'Escarbot. Aquarelle signée. Encadrée.

Belle aquarelle.
H. 0. 31. L. 0.25.

794. GIRARDET (Ch.). Portrait en pied du Maréchal Duroc. Dessin à la mine de plomb, signé des initiales et daté 1837.

795. GRANDVILLE. Une Expulsion. Dessin à la plume et à la sépia. Encadré.

Personnages avec têtes d'animaux.
H. 0.17. L. 0.15.

796. — Les Priseurs. Dessin à la plume et à la sépia. Encadré.

H. 0. 26. L. 0.17

797. GRANDVILLE. Dessins pour les Chansons de Béranger et les Scènes de la vie des animaux. Quatre dessins à la plume.

798. GUERCHIN (LE). Têtes d'hommes. Deux dessins à la plume faisant pendants. Encadrés.

799. GUIGNE (Al.). Vue de Bourron près Marlotte. — Vue de Brancourt dans l'Aisne. Deux aquarelles signées. Encadrées.

H. 0.32. L. 0.24.

800. JOHANNOT (Alfred). La Partie d'échecs. Aquarelle signée.

H. 0.16. L. 0.11.

801. JOHANNOT (Tony). Jeune fille avec une cruche sur la tête. Dessin au crayon noir, rehaussé. Encadré.

Étude pour une des illustrations de *Werther*.
H. 0.37. L. 0.22.

802. — Sollicitude maternelle. Deux jeunes femmes regardant un enfant endormi. Aquarelle signée.

H. 0.16. L. 0.11.

803. MONNIER (Henry). Henry Monnier représenté dans ses rôles de la Famille improvisée. Quatre dessins à l'aquarelle, signés et datés Toulouse, mai 1850, réunis dans un même cadre.

804. — Dans l'Antichambre, trois personnages assis et debout, causant en attendant d'être introduits. Aquarelle signée et datée, Mai 1862. Encadrée.

H. 0.17. L. 0.25.

805. — La Conversation. Deux personnages causant dans une salle remplie de tableaux et d'objets d'art. Aquarelle signée et datée 1834.

H. 0.14. L. 0.16.

806. — Sunday Morning. Dessin à la plume et à la sépia, signé et daté, Calais 1833. Encadré.

Lithographié dans le *Voyage en Angleterre*. Envoi d'auteur à N. Colnaghi.
H. 0.18. L. 0.18.

807. — Joyeux convives, scène à dix personnages. Dessin à la sépia, signé et daté 1830.

H. 0.16. L. 0.19.

808. — Un Combattant de 1848. Aquarelle signée et datée Juillet 1848.

H. 0.21. L. 0.13.

809. MONNIER (Henry). Portraits d'hommes et de femmes exécutés à l'aquarelle, par Henry Monnier, en *feuilles*.

Onze portraits, signés et datés 1851. Ces jolies aquarelles ont été exécutées par l'artiste à Toulouse chez M. Renoult, ami de Monnier et représentent M. Renoult et ses amis.

810. — Portraits d'hommes et de femmes, dessinés au crayon noir par Henry Monnier, en *feuilles*.

23 beaux portraits exécutés de 1838 à 1860 : la plupart sont signés et datés, ils portent les indications des villes où ils ont été exécutés : Alais, Valence, Cherbourg, Bruxelles, Château-Gontier.

Parmi les personnages représentés, citons : Napoléon III, Monnier, Lacenaire, Paul de Kock, etc.

811. — Portraits de la famille La Bedollière, dessinés au crayon noir par Henry Monnier, en *feuilles*.

Quatre beaux portraits signés et datés 1851. On y joint le portrait de Mlle Monnier, dessiné au crayon en 1851.

812. — Portraits d'hommes et de femmes en pied et en buste, exécutés à la plume par Henry Monnier, en *feuilles*.

28 portraits signés et datés 1851.

813. — Portrait du musicien Nadaud. Dessin au crayon, signé.

H. 0.14. L. 0.11.

814. — Cour de ferme avec bestiaux. Dessin à la plume et à la sépia, signé et daté 1848.

H. 0.17. L. 0.19.

815. — Paysages et croquis par Henry Monnier, en *feuilles*.

11 dessins à la plume et à l'aquarelle exécutés en 1851.

Les nos 809, 811, 812 et 815 proviennent d'un Album de M. Renoult de Toulouse ami de *Henry Monnier*.

816. — Album de croquis par Henry Monnier, in-8 obl., demi-rel.

Contient 3 beaux portraits d'homme et de femmes au crayon noir, l'un signé et daté 1837 ; 4 croquis au crayon ; 2 pages d'adresses et de notes et 14 gravures des *Industriels*, épreuves sur Chine.

817. MOREAU (Adrien). L'Enlèvement du Pas de Suse par la cavalerie française. Dessin original à la plume et à l'encre de Chine. Signé.

Gravé dans les *Beaux Messieurs de Bois Doré*, Tome II, par 321.

H. 0.18. L. 0.15.

818. NANTEUIL (Célestin). Valet de Chiens en forêt. Aquarelle signée et datée 1864. Encadrée.

H. 0.42. L. 0.28.

819. PIGAL. Au Cabaret. Aquarelle signée. Encadrée.

Importante composition.
H. 0.25. L. 0.32.

820. PILS. Études de Zouaves. Trois dessins au crayon noir rehaussés. (*Vente Pils*).

821. PORTRAITS d'hommes et de femmes de la société de Monsieur de Chalandray, dessinés au château de La Celle, in-fol., en *feuilles*.

Curieuse réunion de 21 portraits d'hommes et de femmes de l'intimité de M. de Chalandray, exécutés à l'aquarelle et aux crayons de couleur de 1766 à 1783, par divers artistes.

1° 7 portraits de femmes : Marie-Antoinette de Laleu : Mme de Monchevrel, née Montmerqué : Antoinette de Chalandray; Louise-Caroline de Matignon, duchesse de Montmorency : Madame de Maussion, née de Cypierre, etc.

2° 14 portraits d'hommes : MM. de Chalandray ; de Beaumont : de Morinière ; de Montchevrel : de Nicolaï ; J.-E. Étienne Stainville : L. Benoist (le meilleur des hommes et le plus honnête des agents de change), etc.

Ces dessins, d'une agréable exécution, sont en partie l'œuvre de *P. Olagnon* et ont été exécutés en 1783 et 1784 ; d'autres sont signés. *Morel, Coster, de Chalandray* et *Madame Beauvarlet*.

822. RAFFET. Napoléon au bivouac. Dessin à la plume et à la sépia, signé et daté 1836. Encadré.

H. 0.12. L. 0.18.

823. ROCHEGROSSE (Georges). Femme agenouillée et priant. Décor de fleurs, d'oiseaux, de nuages, etc. Aquarelle signée.

H. 0.20. L. 0.15.

824. TRAVIÈS. Vieillard debout. Aquarelle signée.

H. 0.12. L. 0.08.

825. VAN MARCKE (E.). Berger landais. — Tête de cheval. — Tête de chien. Trois dessins à la plume dans un cadre.

826. WAGREZ (J.). Le Quadrige de l'amour. Dessin à la plume signé et daté 1882. Encadré.

H. 0.25. L. 0.35.

827. WORMS. La Présentation au bal. Dessin à la plume et à la sépia, signé. Encadré.

H. 0.25. L. 0.16.

VII. — TABLEAUX.

BLUM (Maurice).

828. La Toilette du Gentilhomme. Peinture sur bois, signée. Encadrée.
H. 0.52. L. 0.41.

BROZIK.

829. Tête de jeune fille. Peinture sur bois, signée. Encadrée.
H. 0.35. L. 0.25.

ÉCOLE FLAMANDE.

830. La Halte. Peinture sur bois. Cadre en bois sculpté.
H. 0.27. L. 0.23.

ÉCOLE FLAMANDE.

831. Deux paysages faisant pendants. Peintures sur bois. Encadrées.
H. 0.35. L. 0.26.

ÉCOLE FRANÇAISE XVIIIe siècle.

832. Portrait d'homme. Peinture sur toile de forme ovale. Encadrée.
H. 0.80. L. 0.62.

ECOLE DE RUBENS.

833. L'Offrande. Des paysans offrent à un seigneur entouré de femmes, de domestiques, de riches présents: animaux, vases,

pierreries, etc. La scène se passe sur le péristyle d'un riche palais à colonnades. Dans le fond plusieurs hommes montés sur des chameaux. Peinture sur bois. Encadrée.

Beau tableau d'une bonne exécution.
H. 0.49. L. 0.61.

LEWIS-BROWN (John).

834. Cavalier. Peinture sur bois, signée. Encadrée.
H. 0.09. L. 0.07.

TENIERS (Genre de).

835. Village flamand avec plusieurs paysans causant. Peinture sur bois, encadrée.
H. 0.26. L. 0.34.

VAN DE VELDE (A.)

836. Troupeau au repos. Peinture sur bois, signée du monogramme. Encadrée.
H. 0.19. L. 0.25.

ORDRE DES VACATIONS

Lundi 25 *Avril* 1904.

Livres de différents genres........................	N°s 453-605
Livres illustrés du XIXe siècle..................	1-59

Mardi 26 *Avril* 1904.

Livres illustrés du XIXe siècle..................	71-274
— —	60-70

Mercredi 27 *Avril* 1904.

Vignettes pour illustrations........................	696-730
Livres illustrés du XIXe siècle....................	275-452

Jeudi 28 *Avril* 1904.

Vignettes pour illustrations......................	731-758
Lithographies diverses	606-695
Estampes..	759-776
Dessins...	777-827
Tableaux..	828-836

LA LIBRAIRIE DAMASCÈNE MORGAND
(ÉDOUARD RAHIR Successeur)

Vend et achète :

MANUSCRITS DES XIIIe, XIVe ET XVe SIÈCLES
ornés de miniatures

LIVRES A FIGURES SUR BOIS DES XVe ET XVIe SIÈCLES

LIVRES ILLUSTRÉS DES XVIIIe ET XIXe SIÈCLES

ÉDITIONS ORIGINALES DES AUTEURS GRECS ET LATINS
Classiques français
Auteurs de la période romantique

LIVRES DE COSTUMES, DE SPORT,
de décoration et d'architecture

RELIURES ANCIENNES ORNEMENTÉES
avec ou sans armoiries

DESSINS, LITHOGRAPHIES, ESTAMPES
etc., etc.

Catalogues adressés sur demande

LILLE, IMPRIMERIE L. DANEL.

RED. :

22

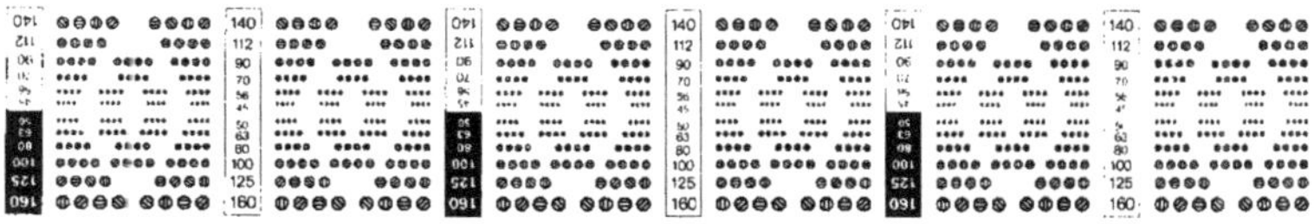

MIRE ISO N° 1
NF Z 43-007
AFNOR
Cedex 7 - 92080 PARIS-LA-DÉFENSE

140 112 90 70 56 45 50 63 80 100 125 160

3793970
graphicom

BIBLIOTHEQUE
NATIONALE
DE FRANCE
****
CHATEAU
DE
SABLE
1996

www.ingramcontent.com/pod-product-compliance
Ingram Content Group UK Ltd.
Pitfield, Milton Keynes, MK11 3LW, UK
UKHW021543260726
13993UKWH00002B/599

9 782329 276069